KB185436

앤디

빌

언리미티드 어드벤처

1. 잃어버린 토끼밭의 행방

위대한 모험이 곧 시작됩니다.

• 모형 슈트를 챙기세요 (헬멧 필수)
• 안전 운전 하세요
• 도로 표지판을 (제발) 잘 읽으세요
• (중요) 분실물에 주의하세요!!!

HI, 안녕

THANKS FOR COMING ON
THIS ADVENTURE WITH ME!

앤디 그리피스 글 · 빌 호프 그림

언리미티드 어드벤처

ADVENTURES UNLIMITED

1. 잃어버린 토끼발의 행방

비룡소

1판 1쇄 찍음—2024년 11월 25일 1판 1쇄 펴냄—2024년 12월 5일
글쓴이 앤디 그리피스 그린이 빌 호프 옮긴이 심연희 펴낸이 박상희 편집주간 박지은
편집 이재원 디자인 곽민이 펴낸곳 ㈜비룡소 출판등록 1994. 3. 17.(제16-849호)
주소 06027 서울시 강남구 도산대로1길 62 강남출판문화센터 4층
전화 02)515-2000 팩스 02)515-2007 홈페이지 www.bir.co.kr
제품명 어린이용 환양장 도서 제조자명 ㈜비룡소 제조국명 대한민국 사용연령 3세 이상

ADVENTURES UNLIMITED: THE LAND OF LOST THINGS
First published 2024 by Macmillan Children's Books an imprint of Pan Macmillan
Text copyright © Flying Beetroot Pty Ltd 2024, Backyard Stories Pty Ltd 2024
Illustrations copyright © Bill Hope 2024
All rights reserved.

Korean Translation Copyright © 2024 by BIR Publishing Co., Ltd.
Korean edition is published by arrangement with MACMILLAN PUBLISHERS INTERNATIONAL LIMITED
through EYA Co., Ltd.

isbn 978-89-491-4421-4 74800 / 978-89-491-4398-9 (세트)

차례

이게 다 어떻게 시작되었느냐면

우리 말이야, 이제껏 함께 어마어마한 모험 참 많이
했잖아?

우리가 로켓도 안 타고 달까지 날아갔던 거 기억나?

바다 밑으로 내려가서 울트라 슈퍼 일렉트로닉스
오징어랑 싸웠던 것도 기억나지?

롤러스케이트 신고 후들후들산에 등산 갔던 건?

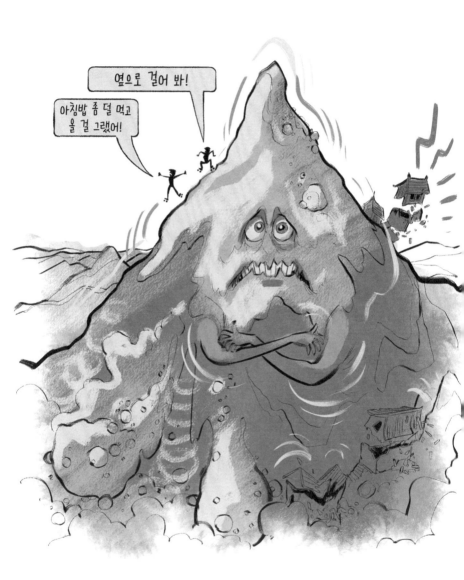

그리고 잃어버린 물건들의 나라에서 길을
잃어버렸던 것도 기억나지?

뭐? 기억 안 난다고? 진짜?

흐음, 그렇다면 내가 말해 주도록 하지.
그게 어떻게 된 거냐면….

하루는 둘이 아지트에 앉아 있다가 네가 말했어.
"심심하다. 모험하러 가자!"

그래서 내가 그랬지.
"어, 나도 그러고는 싶은데, 행운의 토끼 발을
잃어버렸어. 그거 없이는 너무 위험해서 모험을 떠날 수
없어."

그러자 네가 대답했어.

"걱정하지 마. 나한테 네잎클로버가
있거든. 그걸 행운의 부적으로 갖고
다니면서 잃어버린 토끼 발을 찾아보자.
그래, 그걸 우리의 모험으로 정하면
되겠다! 자, 얼른 가자!"

"알았어. 하지만 그 전에 먼저 모험
슈트를 입자고."

그래서 우린
슈트를 입었지!

너

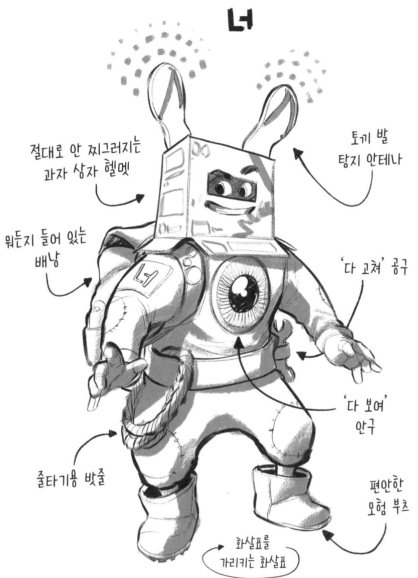

절대로 안 찌그러지는
과자 상자 헬멧

토끼 발
탐지 안테나

뭐든지 들어 있는
배낭

'다 고쳐' 공구

'다 보여'
안구

줄타기용 밧줄

편안한
모험 부츠

화살표를
가리키는 화살표

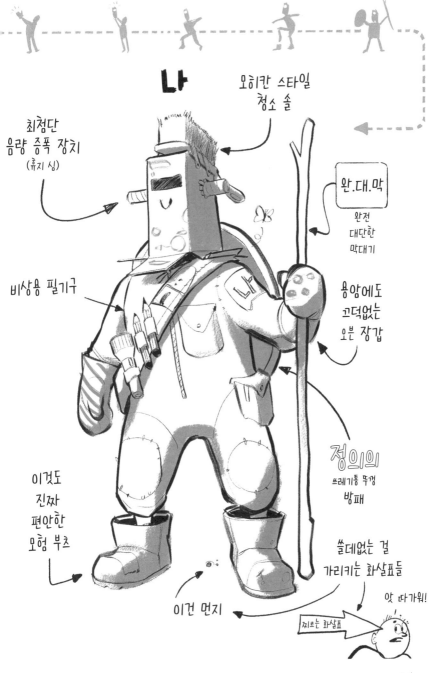

나

모히칸 스타일
청소 솔

최첨단
음량 증폭 장치
(휴지 심)

완.대.막

완전
대단한
막대기

비상용 필기구

용암에도
고덕없는
오븐 장갑

정의의
쓰레기통 뚜껑
방패

이것도
진짜
편안한
모험 부츠

쓸데없는 걸
가리키는 화살표들

앗 따가워!

찌르는 화살표

이건 먼지

15

슈트를 다 차려입고 나자 네가 말했어.

"그러면 이제부터 행운의 토끼 발을 찾아 위대한 모험을 떠나자!"

정신을 차려 보니까 벌써 고속 도로를 신나게 달리고
있더라. 절대로 부서지지 않는 우리의 모험 차를 타고서!

보여…?

한참을 신나게 달리다가 너는 쭉쭉 늘어나는 망원경으로 내 토끼 발을 찾아보았지.

"내 쭉쭉 늘어나는 망원경에 티읕으로 시작하는 물건이 보이는데…?"

내가 물었어.

"토끼 발을 찾은 거야?"

"아니. 통통한 쥐 발 찾았는데."

"쥐라고?!"

"잠깐만, 또 티읕으로 시작하는 물건이 보여."

"그거 혹시…?"

"안타깝게도 아니야. 토실토실 너구리 발이었어."

"알았어. 계속 찾아봐."

우리는 티을으로 시작하는 걸 아주 많이 보았지….

통통한
쥐라는 말씀!

토 나오게
꼬불꼬불한 길!

윽! 통처럼
데굴데굴 굴러간다!

튀어 올라가는 길!

하지만 안타깝게도 나의
토끼 발은 없었어.
　"저쪽에 티읕으로 시작하는
물건이 있는 것 같은데."
　너는 운전석 옆의 차창을
내다보며 내 얼굴 바로 앞으로
망원경을 내밀었어.

"내 토끼 발이야?"

내가 묻자, 너는 한숨을 쉬었어.

"아니. 그냥 통제 구역 표지판이야."

"어휴. 너 망원경 좀 내 앞에서 치울래? 도로가 안 보인다고!"

내가 투덜대자, 너는 미안하다며 얼른 네 자리 창문으로 고개를 돌리고는 이렇게 말했어.

"어! 저기 티을으로 시작하는 물건이 또 있어!"

"토끼 발이야?"

"아니. 또 통제 구역 표지판이야. 하지만 아주 중요한 내용이 적혀 있어."

"중요하든 말든 알 게 뭐야. 토끼 발이 아니라면 관심 없어."

그러자 네가 말했지.

"알았어… 그런데 표지판에 '차 세워, 이 바보들아!'라고 적혀 있는데?"

"아, 토끼 발 얘기가 아니잖아. 그러니까 난 진짜로 정말로 진심으로 관심이 없다고!"

"그렇다면야. 어, 저기 봐! 절벽 끝이 보여!"

그러다 정신을 차려 보니, 우리는 절벽 끝에서 떨어지고 있더라!

"이제 어떡할 거야?! 절벽에서 추락하고 있잖아. 이건 다 너 때문이야! 내가 말했지! 행운의 토끼 발 없이는 모험을 떠나면 안 된다고!"

내 말에 넌 대답했어.

"그럴지도 모르지. 하지만 나한텐 행운의 네잎클로버가 있어. 그리고 절대로 부서지지 않는 우리의 모험 차에는 비행 모드도 있단 말이야. 그걸 잊지 마. 내가 버튼 누를까?"

"그래, 당연하지. 당장 눌러!"

내 말에 너는 버튼을 눌렀고…

쭉쭉 늘어나는 망원경에 시옷으로 시작하는 물고기들이 보이는데?

너희 점심 먹었어? 나는 맛있는 자동차를 먹을까 하는데.

아니, 난 다이어트 중이라서. 자동차엔 기름이 들었잖아.

난 타이어 한 입만!

높이,
더 높이
우리는
쭉쭉
날아올랐어!

이런!
오늘도 생선튀김이나
먹어야겠네.

"이얏호! 하늘 나는 거 정말 좋다!"

네가 감탄하자 내가 떨떠름하게 대꾸했어.

"나도 좋긴 한데, 지금 뭔가 이상해. 너무 빠르단 말이야. 속도가 이런 식으로 점점 높아지면, 나중엔 감당할 수 없을 만큼 미친 속도로 핑핑 도는 소용돌이에 휘말리게 될 거야. 그러면 시공간에 구멍을 내고 완전히 다른 차원으로 들어가 버릴지도 모른다고."

그런데 정말로 그런 일이 일어나 버렸지 뭐야? 내가 말을 채 끝맺기도 전에 우리는 감당할 수 없을 만큼 미친 속도로 핑핑 도는 소용돌이에 휘말렸고⋯

시공간에 구멍을 내서…

완전히 다른 차원으로 들어가 버리고 말았어.

물론 어마어마하게 재미있긴 했어. 다만 커다란 나무를 향해 곧장 날아가고 있었다는 게 문제였지!

헉!

"저 나무 조심해!"

네가 소리쳤지만, 난 어쩔 수가 없었어. 자동차 속도가
너무 빨라서…

결국 나무에 쾅 부딪치고 말았지. 절대로 부서지지 않는
우리의 모험 차는 일십백천만십만백만천만 조각이 났고.

41

다행히도 우리는 깔끔하게 차에서 탈출해서 부드러운
풀밭에 쿵 착지했어. 음, 우린 둘이니까 정확히 말하자면 쿵,
쿵 착지했다고 해야겠지.

몸을 일으키고 주위를 둘러봤더니, 다시는 못 볼 줄
알았던 녀석이 보이는 거 있지?

3

잃어버린 물건들의 나라

"주먹머리 조니 아니야?"

나는 두 눈을 의심했어.

"바로 그렇다네. 보아하니 너희 바보 놈들은 절대로 부서지지 않는 모험 차를 부숴 버린 모양이군. 축하해!"

조니의 말에 나는 고개를 끄덕였어.

"축하 고마워. 지금까지 안 부서졌다고 해서 절대로 안 부서진다는 보장은 없잖아. 그런데 넌 여기서 뭐 해? 정글에서 실종되어서 다시는 못 볼 줄 알았는데. 신문에 난 기사 봤어."

그러자 조니가 말했어.

"그래, 맞아. 난 실종됐었지. 길을 잃었어. 너희도 그래 보이는군. 실종된 끝에 결국 여기에 온 거야. 바로 잃어버린 물건들의 나라에 말이야."

"여기가 잃어버린 물건들의 나라야?"

내가 묻자, 조니가 대답했어.

"그렇다니까. 여길 보라고. 짠!"

주위를 둘러보니, 정말로 보이는 곳마다 잃어버린 물건들이 있더라.

"여기야말로 내가 잃어버린 행운의 토끼 발을 찾기 딱 좋겠다. 혹시 보여?"

내가 묻자, 네가 대답했지.

"아니, 안 보여. 그렇지만 여길 봐. 방금 내 기니피그
푸키를 찾았어! 몇 주 전에 잃어버렸는데 여기 있었네!"

"그게 푸키인지 어떻게 알아? 내가 보기엔 기니피그는 다
똑같이 생겼던데."

내가 물었지.

"난 보면 알아. 게다가 푸키라고 증명할 수도 있어.
푸키가 클로버 잎 정말 좋아했던 거 기억나지?"

넌 이렇게 말하더니 내가 말릴 새도 없이…

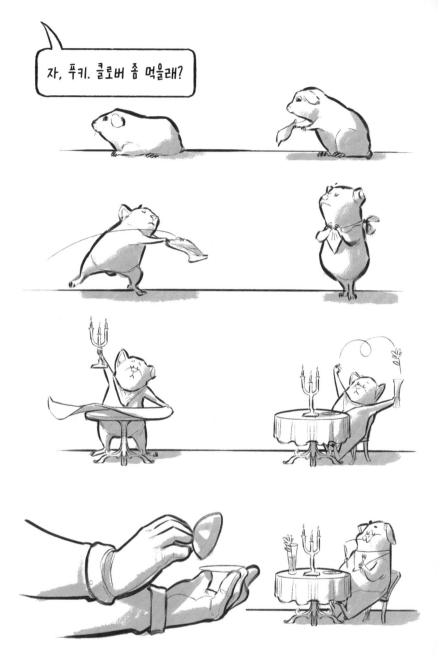

갖고 있던 행운의 네잎클로버를 푸키한테 먹였어!

"뭐 하는 짓이야? 우린 행운의 토끼 발도 없고 모험 차도 없는데 이제는 행운의 네잎클로버까지 없어졌잖아!"

내 말에 너는 천연덕스럽게 대답했지.

"그러지 말고 지금 우리한테 있는 걸 생각해 봐! 행운의 네잎클로버가 푸키 배 속에 있으니까, 우리는 행운의 기니피그가 생긴 거라고. 행운의 발이 이젠 네 개야!"

그러자 주먹머리 조니도 거들었어.

"일리 있는 말이야. 게다가 우리는 지금 부자가 될 절호의 기회를 잡았다고."

"그걸 네가 어떻게 알아?"

내가 묻자, 조니는 옆에 있는 자루를 가리켰어. 불룩한 자루에는 돈이 가득하더라.

"음, 일단 잃어버린 동전을 다 모을 수 있으니까! 하지만 이건 모아 봤자 얼마 안 돼. 잃어버린 물건들의 나라 어딘가에 잃어버린 보물이 죄다 있다고 생각해 봐! 팀을 꾸려서 다 같이 찾아야 하지 않겠어?"

"그거 좋은 생각이다! 보물을 찾으러 가자. 그게 바로 우리가 할 모험이겠지!"

네가 신나게 하는 말에 내가 대꾸했지.

"좋아. 하지만 난 잃어버린 토끼 발도 찾을 거야."

"그럼 나도 푸키를 찾을래."

"너 방금 푸키 찾았잖아."

"응, 그랬지. 그런데 또 잃어버렸어."

그러자 조니가 말했어.

"좋아, 그러면 너희들 물건도 같이 찾아보자. 하지만 명심해. 보물을 찾는 게 더 중요하다는걸."

"그럼 어디부터 찾지? 지도 같은 게 있으면 좋을 텐데."

너의 말에 조니가 대답했어.

"마침 저기에 지도가 있어. 안 그래도 내가 확인해 보려던 참이었는데, 너희가 차를 박살 내며 착륙하는 바람에 정신이 없었다고."

우리는 지도를
한참 들여다보았어.
그러다 네가 말했지.
"이렇게 봐도 봐도
모르겠는 지도는 처음
본다!"
"그러게. 지도를
봤더니 길을 더 잃어버린
기분이야!"

54

황소 대 주먹머리

그때였어. 어디선가 요란하게 흥흥 콧김을 뿜는 소리가
들려왔어. 아주 성난 소리였지.

"어디서 이런 사나운 콧김 소리가 나지?"

내가 묻자, 조니가 대답했어.

"난 콧김에 대해선 잘 모르지만, 어디서 나는지는 알겠네.
저기 언덕 위에 있는 성난 황소 콧구멍에서 나오는 게
틀림없어!"

"오, 이런. 황소가 금방이라도 달려들 것 같은데. 혹시 투우사용 망토 있는 사람?"

내가 묻자, 조니가 호기롭게 대답했어.

"망토는 필요 없어. 내가 처리할게."

조니는 집게손가락과 새끼손가락을 까딱거리면서 황소 앞으로 용감하게 나서더니 이렇게 외쳤어.

"싸우고 싶다면 싸워 주지! 하지만 내가 경고하겠는데,
난 황소랑 싸워서 져 본 적이 없다고!"
　그러자 황소가 사납게 콧김을 뿜었어. 조니도 같이
콧김을 뿜었지.

둘은 서로를 향해 냅다 달려들었고…

서로 박치기를 어찌나 세차게 했던지 둘 다 기절해서
바닥에 쓰러지고 말았어.

하지만 어느새 둘은 도로 일어나 다음 판 결투를
준비하며 빙빙 맴을 돌았지.

"조니가 힘든 모양이야. 내가 가서 도와줘야겠어."
네 말에 나는 고개를 저었어.
"안 돼! 넌 끼어들지 마. 너무 위험해. 까딱하다간 밟히고
머리에 받히고 온몸이 으스러지고 뿔에 한쪽 눈을 찔리거나
두 쪽 다 찔릴 수도 있다고! 그러고 싶어?"

하지만 넌 대답이 없었어.
벌써 싸움판에 끼어드느라 정신이 없었거든.

싸움은 해도 해도 끝이 없어 보였어. 이러면 내가 잃어버린 토끼 발을 찾기 힘들어질 게 뻔했지. 그래서 난 심호흡을 한 다음 싸움판에 끼어들어 소리쳤어.

71

너와 조니, 황소는 깜짝 놀라 곧바로 싸움을 그만두었어.

"대체 왜 싸우는 거야?"

내가 묻자 조니가 대답했어.

"몰라. 황소한테 물어봐. 먼저 시작한 건 얘라고. 난 그저
우리 모두를 보호하려 했을 뿐이야."

그래서 난 황소에게 물었어.

"자, 넌 뭐 할 말 있어?"

그러자 황소가 말했어.

"미안해. 난 요 몇 주 동안 무척 기분이 안 좋았어. 그게
다 내가 친구들과 황소마블을 해서 그래. 게임에서 죽을
쒀서 돈을 전부 잃었거든. 그래서 그만 인내심을 잃고
게임판을 뒤엎었어. 그 후부터 난 아무리 해도 인내심을
찾을 수가 없더라고. 그래서 혹시 잃어버린 물건들의 나라에
오면 찾을 수 있을까 하고 여기 온 거야."

"인내심을 찾으러 왔다면서 우리는 왜 공격한 거야?"

내가 묻자 황소가 서글프게 대답했어.

"나도 모르겠어. 너희를 보니까 왜 그런지 심하게 화가 나더라고. 무서웠다면 미안해. 하지만 솔직히 말하자면, 인내심을 잃어버려서 나도 내가 무서워."

그러자 네가 말했어.

"괜찮아. 우리도 다들 잃어버린 걸 찾는 중이야. 너도 우리랑 함께 다닐래? 그러면 네가 잃어버린 인내심을 다 같이 찾을 수 있잖아."

황소는 다시 콧김을 뿜기 시작하더라.

"왜 그래? 우리랑 인내심을 같이 찾는 게 싫어?"

그러자 황소가 대답했어.

"당연히 좋지! 왜 너희를 좀 더 빨리 만나지 못했을까
생각하니 너무 화가 나서 그래. 사실, 난 너무 화가 나서
지금 당장….".

너는 황소를 달랬어.

"진정해. 네가 지금 당장 할 일은 진정하는 거야. 두고 봐,
다 잘될 테니까. 우리는 네가 잃어버린 인내심도 찾고, 내
친구가 잃어버린 토끼 발도 찾고, 내가 잃어버린 기니피그랑
잃어버린 보물도 찾을 거야. 그러면 다들 오래오래 행복하게
살 수 있겠지."

황소의 콧김이 서서히 잦아들었어. 나는 너에게 속삭였지.

"잘했어."

"고마워. 이제 우리가 어디로 가야 하는지 아는 사람?"

"몰라. 저 지도는 아무리 봐도 모르겠어."

그때, 조니가 말했어.

"어이, 저길 봐! 강이랑… 배가 있어!"

"저건 그냥 배가 아니야. 바로 우리의 절대로 가라앉지 않는 모험 배라고! 작년에 심해 탐험 갔다가 잃어버렸잖아, 기억나?"

내 말에 네가 신나게 대답했어.

"당연히 기억나지. 이제는 다시 찾았으니까 잃어버린 게 아니게 됐네! 가자!"

5

잃어버린 물건들의 강

우리는 절대로 가라앉지 않는 모험 배를 보고서 정말
기뻤어. 배도 우리를 다시 만나 기뻤겠지. 우리는 배에 올라
강을 따라 유유히 내려갔어.

배를 타고 가는 동안, 잃어버린 물건들의 나라에 사는
주민들이 강변에서 우리를 보며 손을 흔들고 즐겁게 웃어
주었어.

"난 잃어버린 물건들의 나라가 정말 마음에 들어.
볼거리가 참 많네."

네 말에 조니가 물었어.

"보물이 좀 보여?"

"아니."

네가 고개를 젓자 조니가 또 말했어.

"음, 그러면 계속 찾아봐. 우린 여기 놀러 온 게 아니잖아.
부자가 되려고 왔다고!"

"놀면서 부자가 될 수는 없어?"

네가 묻자 조니는 고개를 저었어.

"넌 보물을 찾으려면 배워야 할 게 참 많겠다. 그건 그렇고, 지금 몇 시지?"

대답은 내가 했어.

"좋은 질문이야. 저 위에 날아다니는 손목시계한테 물어보자."

나는 손목시계를 불렀어.

"저기, 안녕? 혹시 지금이 몇 시인지 알려 줄래?"

"흐으음. 잠시만."

손목시계는 눈을 오른쪽으로 흘기더니 대답했어.

"일단 4…."

"4시라고? 지금 4시 정각이야?"

네가 묻는 동안, 손목시계는 이번엔 왼쪽으로 눈을
흘겼어.

"8…."

"그럼 8시야?"

네가 계속 묻자, 손목시계가 대답했어.

"아니. 내 얼굴을 보니까 지금 시각은 8시 20분이야."

그러자 황소가 끼어들었어.

"아이고, 시간이 많이 됐네. 그래서 배고팠구나. 우선 뭘 좀 먹고 잘 곳을 찾아보자."

그러자 손목시계가 대답했어.

"내가 좋은 데를 알아. 강 상류로 조금만 올라가면 잃어버린 캠핑장이 있거든. 날 따라오면 알려 줄게."

85

6
잃어버린 캠핑장

손목시계는 앞장서서 날았어. 그 뒤를 따라가자 자그마한 캠핑장이 나왔지. 거기에는 누가 잃어버린 텐트와 피워 놓고 깜박한 모닥불이 있었어. 심지어 누가 잃어버린 욕조도 있더라!

"야호! 나는 캠핑이 참 좋아! 게다가 욕조 목욕도 할 수 있겠다!"

신이 나서 소리치는 너에게 나도 맞장구쳤어.

"나도 좋아! 이 캠핑장에는 우리에게 필요한 게 다 있네. 그런데 좀 궁금하다. 대체 누가 어쩌다가 캠핑 도구를 통째로 잃어버렸을까?"

그러자 조니가 대꾸했어.

"알 게 뭐야? 이젠 우리 건데. 주운 사람이 임자라고. 먹을 건 없나? 배고픈데."

네가 대답했지.

"음, 내가 방금 잃어버린 도시락 가방을 찾았는데
잃어버린 점심이 가득 들어 있어."

"그거 줘!"

조니는 너에게서 가방을 홱 뺏어 들었어.

"야, 이거 내 거야. 주운 사람이 임자라면서?"

네가 항의했지만, 조니는 씩 웃으며 말했어.

"그래. 그래서 방금 내가 네 손에서 찾아낸 거야. 게다가
난 너보다 더 배가 고프다고. 그러니 이건 이제 내 거야."

그러고는 네가 뭐라고 맞받아칠 새도 없이 입을 쩍
벌리더니 도시락통의 음식을 통째로 입에 털어 넣었어.
샌드위치며 머핀, 사과는 물론이고 감자칩 한 봉지까지
조니의 입으로 한꺼번에 들어갔지. 과자 봉지를 뜯지도 않고
삼키더라니까!

"주먹머리 조니! 너 진짜 비열하고 썩어 빠진 도시락
도둑이구나!"

나는 분노한 너를 달랬어.

"걱정하지 마. 근처에 잃어버린 음식들이 아주 많이 있을
거야."

내 말대로, 금세 우리는 소풍 왔던 사람들이 통째로
잃어버린 음식을 찾아냈어. 아주 따끈따끈한 피자 다섯 판이
상자도 뜯지 않은 채 있었지. 갓 구운 바나나크림파이도
있었고.(물론 흙이 좀 묻긴 했더라고.)

잃어버린 음식들로 잔치를 벌인 후, 우리는 모닥불에 둘러앉았어. 해가 뉘엿뉘엿 지기 시작하니까, 잃어버린 양말들이 잔뜩 나타나더라. 양말들은 우리 머리 위를 날아다니면서 모닥불에 마구 뛰어들다가 화들짝 물러났지. 우리는 양말들이 노는 꼴을 재미있게 지켜보았어. 하지만 손목시계는 금방이라도 울 것 같은 표정을 짓더라고.

"왜 그래? 넌 양말 싫어해?"

내가 묻자, 손목시계가 말했어.

"음, 난 양말 같은 거 안 신어. 하지만 양말 때문에 우울한 건 맞아. 얘네가 다 함께 날아다니는 걸 보니까 잃어버린 내 친구들이 생각나서 슬프거든."

"손목시계도 친구가 있어?" 네가 물었어.

"당연히 있지. 그런데 어느 날 밤, 무시무시한 폭풍을
만나는 바람에 결국 난 손목시계 무리에서 떨어져나오고
말았어. 그 후로 난 계속 친구들을 찾아다니는 중이야."

"우리도 잃어버린 걸 찾고 있거든. 너도 우리랑 같이
다닐래?"

네 말에 손목시계가 얼른 대답했어. "그러면 좋지."
나는 고개를 끄덕였어.

"잘됐다. 보는 눈이 많을수록 더 빨리 찾게 될 테니."

"맞아. 그리고 우리가 찾아야 하는 것 중에서 가장 중요한 건 바로 보물이야!"

조니의 말에 손목시계가 눈을 동그랗게 떴어.

"보물이라고? 너희 보물을 찾고 싶어? 난 보물이 잔뜩 있는 동굴이 어디 있는지 알아."

"정말? 그러면 기다릴 거 없잖아? 어서 배를 타고 당장 보물을 찾으러 가자!"

"거기는 배로 못 가. 산 저편에 있거든."

손목시계의 말에 조니가 투덜댔어.

"제기랄, 저놈의 산이 도움이 안 되네! 이 멍청이들아, 절대로 부서지지 않는 모험 차를 나무에 박기 전에 생각이라는 걸 했어야지! 그것만 있었다면 쉽게 날아갈 수 있었을 텐데."

"우린 나무에 차를 박기 전에 생각할 겨를도 없었다고! 그러니까 나무에 차를 박았지!" 내가 따졌지.

"그러면 어떻게든 거기에 갈 방법을 생각해 놔. 빨리 생각해야 할 거야. 보물 사냥꾼들이 우리보다 먼저 도착하기 전에!"

그러자 네가 말했어.

"음, 생각할 수야 있겠지. 하지만 네가 고래고래 소리를 지르는 것도 모자라서 이놈의 망할 양말들이 자꾸만 내 얼굴을 때려 대잖아! 그래서 좋은 방법을 생각하기가 쉽지 않다고!"

너는 손을 휘둘러 양말들을 쫓았지만, 그럴수록 양말들은 꾸역꾸역 더 많이 나타났어. 결국 네 머리 주위에서 펄럭대는 양말들이 너무 많아지는 바람에, 너는 공중에 날아다니는 양말을 양손 가득 움켜잡았지.

"나 좀 내버려 둬! 내가 생각 좀 해 보려는 거 안 보이냐?"

너는 겁먹은 양말들의 자그마한 얼굴에 대고 고함을 쳤어.

깜짝 놀란 양말들은 네 손 안에서 꼼지락거리며 벗어나려고 했지. 하지만 넌 순순히 놓아주지 않았어. 그래도 양말들은 계속 도망치려는 마음에 날아 보려고 안간힘을 썼어. 그러다 결국 네 두 팔을 공중에 번쩍 들어 올렸지.

급기야는 네 온몸을 공중에 둥둥 띄우더라니까!

"양말을 놔!"

내가 소리치자, 다행히도 너는 손에 힘을 풀었어.
양말들은 후다닥 날아갔고, 너는 바닥에 떨어졌지.

하지만 너는 금세 바닥을 박차고 일어나 소리쳤어.
"양말들아, 고마워! 너희 덕분에 내가 아까부터 하려고
했던 아주 좋은 생각이 방금 떠올랐어!"

그러더니 너는 이리저리 걸음을 옮기면서 골똘히 생각에 잠겼지. 난 네가 그렇게 골똘히 생각하는 건 처음 봤어. 사실, 네가 얼마나 골똘히 생각하던지 네가 하는 생각이 다 눈에 보이더라니까?

갑자기 너는 우뚝 멈추고선 허공에 승리의 어퍼컷을 날렸어. "너무 미친 계획이라 오히려 될지도 몰라! 혹시 끈 있는 사람?"

"여기 있어."

나는 잃어버린 실뭉치를 너에게 주며 말했지.

"고마워."

너는 실을 받아 들고는 이리저리 뛰어다니며 허공을 떠다니는 잃어버린 양말을 잡았어. 그리고 네가 잘 아는 매듭 묶는 법으로 양말을 실에 묶은 다음, 그걸 잃어버린 욕조에 달았어.

그래서 어떻게 되었느냐면, 너를 태운 욕조가 우리
머리 위로 둥실 떠올랐어. 날아다니는 양말의 힘으로!
    너는 자랑스럽게 말했어.
    "여러분께 소개합니다! 하늘을 나는 양말이 끄는
모험 욕조! 자, 뭘 망설이고 있지? 올라와!"

잃어버린 보물의 동굴

그래서 우리는 모두 모험 욕조에 탔지. 솔직히 욕조에
타는 건 쉽지 않았어. 시간도 꽤 오래 걸렸고. 그래도 결국
우리는 모두 안전하게 욕조에 올라탔고, 잃어버린 보물이
있는 동굴로 떠날 채비를 갖췄지.

솔직히 욕조 안은 비눗물로 질척거리더라고. 하지만
나름 편안하기도 했어. 얼마 지나지 않아 우리는 모두 푹
잠들어 버렸지.

밤하늘을 고요하게 떠가고 있자니, 양말이 내는
파닥파닥 소리가 부드러운 자장가 같더라.

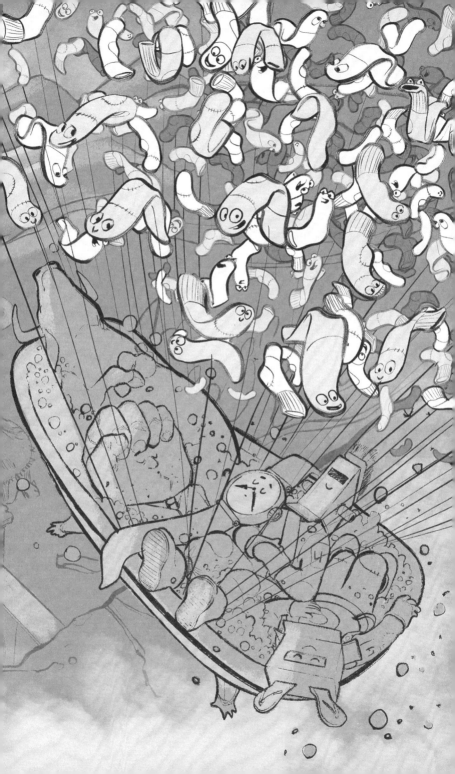

마침내 날이 밝아 오자 우리는 깨어났어. 눈앞에는 하얀 눈이 쌓인 산봉우리가 가까워지고 있었지.

"야, 아래를 봐. 저거 설인 아니야?"

네 말에 나는 아래를 내려다봤어.

"응, 설인 같네. 보아하니 길을 잃은 것 같다."

"그러면 우리가 태워 줘야 하나?"

네 말에 조니가 고개를 저었어.

"절대 안 돼. 우리는 설인 구조대가 아니라고. 보물을 찾으러 왔잖아. 말이 나왔으니 말인데… 그 동굴은 어디 있어? 아직 멀었어?"

그러자 손목시계가 말했어.

"거의 다 왔어. 내가 보기엔 여기가 바로 산 저편인 것 같은데…. 아, 그래. 저기 있다. 저 아래."

우리는 아래로 내려가서
동굴 앞에 멈췄어.

동굴 안을 다 같이 들여다보는데 네가 말했어.

"우아! 난 진짜 보물 동굴에 이토록 가까이 와 본 건 처음이야!"

"나한테는 보물 동굴이 아니라 보물 무덤 같은데. 마음에 들지 않아. 안 좋은 느낌이 든다고."

내 말에 조니가 대꾸했어.

"그래? 나는 아주 좋은 느낌이 드는데."

"나도."

너도 조니에게 맞장구쳤지. 우리는 동굴 입구에 착륙했어.

우리는 욕조에서 내린 다음 동굴 안을 가만히 보았어. 안쪽 깊은 곳에서부터 황금빛 광채가 새어 나오더라.

"저거 보물의 광채일까?"

네가 묻자, 조니가 소리쳤어.

"당연히 보물이겠지! 냄새가 안 나?"

"넌 보물 냄새를 맡을 수 있어?"

내가 묻자, 조니는 콧김을 뿜으며 대답했어.

"당연하지! 어엿한 보물 사냥꾼이라면 누구나 보물 냄새를 맡을 수 있다고. 그리고 말해 두겠는데, 저 안에는 아주 신선한 보물이 잔뜩 있어. 새로운 주인을 기다리는 보물이 말이야."

"너 있잖아, 보물 주인은 하나가 아니라는 거 알지?
보물은 우리 모두의 것이라고. 모험가의 규칙 기억하지?"

내 말에 조니가 대답했어.

"당연히 기억하지. 보물은 찾아낸 사람 모두에게 똑같이
돌아가야 한다는 거잖아. 나도 안다고. 하지만 여기서는 좀
똑똑하게 행동할 필요가 있어."

"그게 무슨 소리야?"

이번에 네가 물었어.

"음, 혹시 나만 그런 건진 모르겠는데, 너무 쉬워 보이지
않아? 보물이 가득한 동굴인데, 아무도 지키는 사람이
없다고? 그렇다면 이건 덫일지도 몰라."

"무슨 덫?" 내가 묻자 조니가 소리쳤지.

"보물 사냥꾼 덫 말이야! 난 이런 함정을 전에도 본 적 있어. 보물을 무한정 찾을 수 있을 거란 희망을 줘서 사람을 꾀어낸 다음에, 알잖아? 덫에 빠뜨리는 거지."

"누가 덫을 놔?"

황소가 묻자, 조니가 한심하다는 듯 대답했어.

"덫 전문가 보물 사냥꾼이지 누구겠어. 내 생각에 가장 좋은 방법은 내가 먼저 들어가는 거야. 들어가서 이게 보물 사냥꾼의 덫이 아닌지 잘 살펴보고, 안전하다는 게 확인되면, 내가 신호를 보낼 테니 너희는 그때 안으로 들어오라고."

"그러니까 네가 우리를 위해서 해 주겠다고?"

네가 묻자 조니가 진지하게 대답했어.

"기꺼이 그럴 마음이야. 뛰어난 보물 사냥꾼인 나의 솜씨를 마음껏 이용해 달라고."

"잠깐, 네가 저 안에 들어가서 보물을 혼자서만 훔쳐 달아날지 우리가 어떻게 알고?"

내 말에 조니는 발끈했지.

"그야 너처럼 나, 주먹머리 조니는 모험가의 규칙에 대고 엄숙히 선서했으니까. 그러니 날 믿으라고."

"음, 그럼 괜찮겠네. 행운을 빌어. 그리고 네가 혹시 갇히면 우리가 꼭 꺼내 줄게."

네 말에 조니가 대답했어.

"고마워. 나는 최대한 행운을 끌어모아야 하거든. 보물 사냥꾼을 잡는 덫은 아주 고약하니까 말이야. 내가 안전하다고 신호를 보낼 때까지 기다렸다가 들어와야 해. 알겠지?"

조니는 욕조에 올라가서는
양말이 달린 끈을 잡고 동굴
안으로 둥실둥실 떠서 들어갔어.
그래서 우리는 기다렸어.
한참을 그렇게 기다렸지.
계속 기다렸어.

내가 보기엔 수상한데….

"안은 어때?"

네가 동굴 안으로 소리쳐 묻자 조니가 대답했어.

"그럭저럭 안전한 것 같아. 하지만 무슨 일이 생길지는 알 수 없지. 내가 욕조에 보물을 전부 실은 다음에 가지고 나가는 게 낫겠어. 우리 모두의 목숨을 걸어서는 안 되니까."

"고마워, 조니! 우린 기다리고 있을게."

그래서 우리는 기다렸어.

계속 기다렸어.

잠자코 기다렸어.

가만히 기다렸어.

조용히 기다렸어.

꾹 참고 기다렸어.

한참 동안 기다렸어.

참을성 있게 기다렸어.

기다리고 또 기다렸어.

"조니가 오래 걸리네."

손목시계가 말하자, 황소도 덩달아 물었어.

"보물의 동굴에서 보물을 싣고 나오는 게 보통 이렇게 오래 걸리나?"

"그럴 것 같지 않은데. 어쩌면 보물 사냥꾼을 잡는 덫에 조니가 걸려들었을지도 몰라. 들어가 봐야 하나?"

너의 말에 나는 고개를 저었어.

"안 돼. 절대로 안 돼. 조니 말대로 우리 모두의 목숨을 거는 건 안 된다고."

"하지만 진짜로 조니가 덫에 걸렸다면?"
네가 또 묻자 손목시계가 대답했어.
"그렇다면 더더욱 들어가서는 안 되지."
"그러면 우린 보물을 못 갖는 거네."
이번엔 황소가 대답했어. "못 갖겠지. 보물은 못 가진다
해도, 덫에 걸리지는 않을 거잖아. 제아무리 보물이
산더미처럼 많다 해도 우리 목숨보다는 중요하지 않아."

"무슨 소리야? 산더미처럼 많은 보물보다 중요한 건
없어! 게다가 조니는 우리를 위해 목숨을 걸었어. 그러니
우리도 조니를 위해 목숨을 걸어야 공평하지. 난 들어갈래."
그때, 내가 말했어.
"잠깐만, 조니가 다시 나오고 있어. 게다가 엄청 빨라.
조심해!"

조니는 빠른 속도로 동굴을 빠져나왔어. 욕조에 보물을
가득 싣고서! 그리고 우리 머리 위를 씽 날아서 저 하늘 높이
올라갔어.

"또 보자, 멍청이들아!"

조니는 보물을 독차지하지 않겠다고 약속했는데.
모험가의 규칙에 대고 선서도 했는데. 하지만 우리가 그
점을 말하기도 전에, 조니는 사라져 버리더라고!

8
갈피를 잃다

"저 비열한 배신자 주먹머리! 보물을 훔치고 우리를
버렸어!"

네 말에 나도 맞장구쳤어.

"손가락이 열다섯 개나 있는 놈을 믿어서는 안 되는
거였어! 게다가 우리를 배신한 게 처음도 아니잖아! 사실
이제 와서 생각해 보니, 이번이 벌써 네 번째는 된 것 같아."

"그럼 이제 어떡해? 난 잃어버린 물건들의 나라에서 남은 인생을 보내고 싶지 않다고."

네 말에 나는 고개를 끄덕였지.

"나도. 일단 걸어 다녀 봐야 할 것 같은데. 그러다 지도를 발견할 수도 있고, 운이 좋다면 비상 탈출구를 찾게 될 수도 있겠지."

"진짜 운이 좋다면, 주먹머리 조니를 찾아서 욕조랑 보물을 훔칠 수도 있겠지. 그때 놈이 어떤 표정을 짓는지 보자고."

네 말에 내가 대꾸했어.

"아주 분해서 울상이 되겠지. 하지만 걔가 나쁜 짓을 했다고 해서 우리도 나쁜 짓을 해서는 안 돼. 어쨌든, 지금은 그 생각을 해 봤자 소용없어. 그냥 걷기부터 하자고."

그때, 손목시계가 말했어.

"여기까지 너희를 데려왔는데 헛수고가 되어서 마음이
안 좋네. 내가 너희를 모두 데리고 날아갈 수 있으면 얼마나
좋을까. 아아, 슬프게도 나는 힘이 세지 않아."

난 손목시계를 달랬어.

"괜찮아. 이건 네 잘못이 아니야. 잘못한 게 누군지 다들
잘 알잖아. 그리고 네가 하늘에서 길을 봐 줄 수 있으니까,
어딜 가든 빨리 갈 수 있을 거야. 그동안 우리는 이제 찾아야
할 걸 찾아야… 어라… 근데 우리가 뭘 찾고 있었지?"

"우리가 뭘 찾는지는 이미 알고 있잖아. 장난치지 마."

네 말에 난 고개를 저었어.

"나 장난하는 거 아니야. 뭘 찾고 있었는지 말해 줄래?"

너는 대번에 대답했어.

"당연히 말해 주고말고. 우리가 찾던 건… 어라… 그거
있잖아…. 우리가 그거 찾으려고 여기 온 건데."

"그게 정확히 뭔데?"

내가 묻자, 황소가 대신 대답했어. "내 기억으로는 아주 중요한 거였어. 일단 찾으면 기억날지도 몰라."

우리는 어리둥절한 채로 걷기 시작했어. 그러면서 우리가 찾던 게 무엇이었는지 기억하려고 애를 썼지. 그러다 손목시계가 물었어.

"이런 질문 해도 되려나? 우리 지금 어디로 가는 거야?"

난 대답했지.

"그런 질문은 얼마든지 해도 돼. 좋은 질문이니까. 그래서 어디로 가는 거냐면, 말이 나올락 말락 하는데… 아, 이런, 정말 이상하네…. 우리가 어디 가는 건지, 아니 애초에 여기에 왜 왔는지 기억이 안 나…. 여기가 어딘지 모르겠지만."

"혹시 여기에 재미있는 모험을 하러 온 거 아닐까?"

네가 말했어.

"그런 것 같아. 하지만 그것 말고도 여기 온 이유가 또 있었던 것 같아. 그게 뭐지? 기억이 안 나."

"나도."

손목시계가 고개를 끄덕이자 황소도 맞장구쳤어.

"나도 안 나."

난 등골이 오싹해지고 말았어.

"이거 정말 큰일 났다. 이게 무슨 일인지 알 것 같아. 우린 지금 갈피를 잃었어!"

"갈피가 어떻게 생겼는데? 커피 같은 거야?"

황소가 묻자, 내가 대답했지.

"아니야. 그건 커피도 코피도 아니야. 갈피는 어떤 일이
생겼는데, 이어서 어떤 일이 생기고, 계속해서 어떤 일이
전부 생기는 흐름을 말해. 그러다 결국 모든 일이 다 끝나서
모두 다 오래오래 행복하게 살게 되면 이야기의 갈피를 잘
잡은 거야."

그러자 네가 말했어.

"흐으음, 여기엔 그런 건 안 보이는데. 우린 진짜 완전히
철저하게… 잠깐, 다시 말해 볼래? 우리가 뭘 잃었다고?
갈비?"

"아니, 갈비가 아니라, 갈피! 우린 길을 잃었고 갈피도
잃었다고!"

나는 아주 어렵사리 갈피라는 단어를 떠올려 소리쳤어.

9

책-갈피가 구하러 오다

"누가 갈피라고 했니?"

어디선가 신난 목소리가 들려왔어. 고개를 돌려 보니
나무 뒤에서 책이 나타났지. 하지만 그냥 책이 아니었어.
무려 걸어 다니고 말하는 책이었다고!

네가 대답했어. "그래. 우리가 그랬어. 우린 갈피를
잃어버려서, 뭘 하고 있었는지 또 여긴 왜 왔는지 몰라."

책-갈피

그러자 책이 말했어. "음, 그렇다면 내가 도와줄게. 내 이름은 책-갈피야. 나에겐 갈피를 잘 잡고 쓴 이야기가 아주 많단다! 자, 보자. 너희가 갈피를 잃어버린 이야기가 혹시 웃기는 거니? 이를테면, 혹시 바나나 껍질을 밟고 미끄러진 적 있어?"

난 고개를 저었어. "아니. 재밌긴 한데 우리 이야기엔 그런 거 없었던 것 같아."

책-갈피는 또 물었어. "아, 그럼 혹시 비극적인 이야기야? 누가 혹시 화산 속에 빠졌다거나?"

이번엔 네가 대답했어. "아니. 우리 이야기는 그렇게까지 비극적이진 않은 것 같아."

책-갈피는 또 물었어.

"혹시 그럼 희비극이니? 그러니까, 바나나 껍질을 밟고 미끄러졌는데 화산에 빠지는 웃기고도 동시에 슬픈 이야기 말이야."

"아니야. 아니었으면 좋겠어. 우리는 바나나 껍질도 못
봤고 화산도 못 본 것 같아." 내가 대답했지.

"지금까지 못 봤지만 앞으로 볼 수도 있잖아."

책-갈피의 말에 네가 소리쳤어.

"오, 봤으면 좋겠다. 나 화산 진짜 좋아하거든!"

그러자 책-갈피가 대답했어.

"음, 불가능하진 않아. 너희는 화산을 볼 수도 있고,
바나나 껍질을 밟을 수도 있어. 하지만 다른 걸 생각해 볼게.
너희가 실제로 볼 일이나 너희에게 실제로 일어날 일이 뭐가
있으려나. 흐으음… 알았다! 혹시 할머니 집에 가는 길에
숲에서 늑대를 만난 적은 없니?"

이야기 갈피 #2456

할머니 집에
가는 길에
숲에서 늑대를
만났다

"절대로 그런 적 없어! 그건 동화 같은데."
내 대답에 너도 맞장구쳤어.
"그래. 우린 동화 속 주인공이 아니야. 모험가라고!"
그러자 책-갈피는 고개를 끄덕였어.
"아하! 이제 알겠다. 너희 이야기는 모험 이야기구나. 음,
내가 모험 이야기도 아주 많지."

"좋아! 난 모험 이야기 아주 좋아해."

네 말에 책-갈피가 대답했어.

"그럼 이건 어때? 용감한 모험가 두 명이 잃어버린
물건을 찾으러 떠나는 이야기야."

이야기 갈피 99

용감한
모험가 두 명이
잃어버린 물건을
찾으러 떠났다

"그래! 용감한 모험가들이라, 그거 꼭 우리 같은데."
네 말에 나는 고개를 끄덕였어.
"그러게. 게다가 우리도 확실히 무언가를 찾고 있긴
했지. 그래서 이야기가 어떻게 되는데?"

책-갈피가 대답했어.

"음, 용감한 모험가 두 명은 잃어버린 물건을 찾던 중에 그만 자기들의 정체성조차 잃어버리고 말았어."

이야기 갈피 #8979

용감한 모험가
두 명은 잃어버린
물건을 찾던 중에
그만 자기들의
정체성조차
잃어버렸다

"그거 맞는 거 같은데." 내 말에 너도 고개를 끄덕였지.

"그러게. 우리는 확실히 우리 정체성도 잃어버렸지. 그럼 이 이야기에서 다음에는 무슨 일이 일어나?"

"그러다 모험가들은 배신자 주먹머리에게 배신을 당해. 그리고 죽을 위기에 처하지. 어때, 이건 좀 들어 본 얘기 같아?"

"그래! 맞아! 바로 그거야!"
너는 신이 나서 소리쳤지만, 나는 계속 물었어.
"그러면 애초에 우리가 찾던 게 뭐야? 그게 중요하지."

하지만 책-갈피는 이렇게 말했어.
"그 답은 너희만 알 수 있어. 내가 지금부터 오리 도둑 이야기를 들려줄게. 이게 너희에게 도움이 될지도 몰라."

이야기 갈피 #8979
말하는 책이
오리 도둑 이야기를
들려주면서 잃어버린
모험가들을
도와주려 하다

내가 물었어. "오리 도둑 이야기를 듣는 게 무슨 도움이 된다는 거야? 난 우리가 여기 왜 왔는지 기억나진 않지만, 오리를 훔치러 온 건 분명히 아니라고."

그러자 책-갈피가 대답했어.

"그럴지도 모르지. 하지만 일단 모여 봐. 앉아서 내 이야기를 들으면서 너희가 여기 온 이유가 기억나는지 안 나는지 한번 보자고."

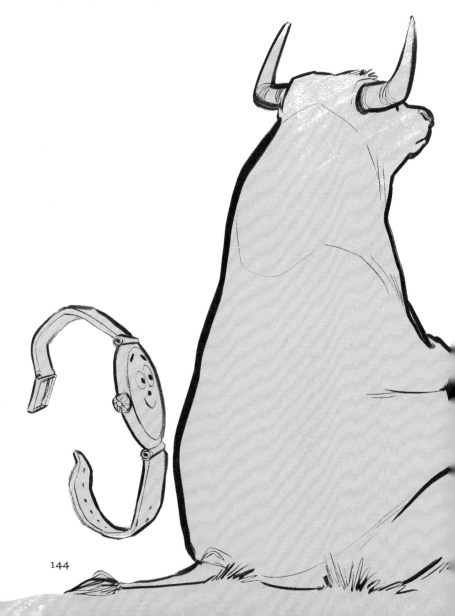

10
오리 도둑

이야기 #4783
**오리 도둑이
값진 교훈을
얻다**

옛날 옛날 한 옛날에 오리 도둑이 살았어요.
그런데 이 도둑은 보통 오리 도둑이
아니었답니다. 이 오리 도둑은 왕국에서 제일가는
오리 도둑이었어요. 집 안 가득한 트로피와 훔친
오리만 봐도 알 수 있었지요.

하지만 이처럼 커다란 성공을 했는데도, 오리 도둑은
만족하지 못했어요. 아직까지 훔치지 못한 오리가
있었거든요. 바로 세상에서 가장 아름다운 오리였어요.

그러던 어느 날, 행운이 찾아왔어요!
《오리도둑일보》를 읽고 있던 오리 도둑은 마을의
시장님이 바로 그 세상에서 가장 아름다운 오리를
샀다는 기사를 보았거든요. 아, 시장님은 똑똑한
오소리였답니다.

오리 도둑은 곧바로 작업에 들어갔어요. 일생일대의
도둑질을 계획했지요.

몇 주가 지나고, 마침내 오리 도둑은 모든 준비를
마쳤어요. 그리고 그날 밤 시장님의 집으로 몰래
숨어들어 갔지요.

오리 도둑의 귓가로 위층에서 꽥꽥대는 소리가
들렸어요. 그래서 위로 올라가 봤지만⋯ 그곳에는
오리가 없었어요.

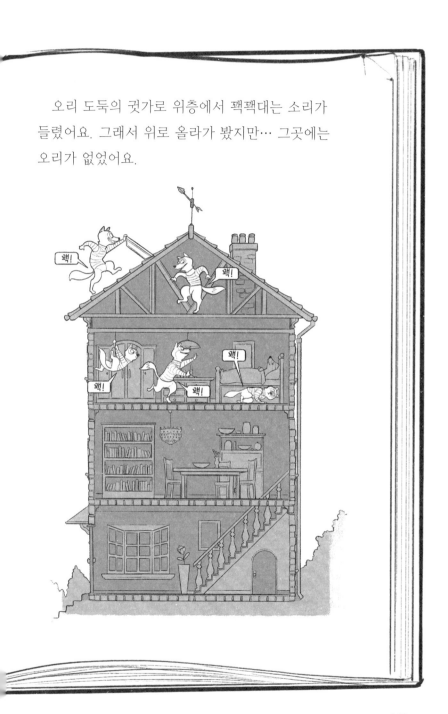

그런데 이번에는 아래층에서 꽥꽥 소리가
들렸어요. 오리 도둑은 아래층으로 내려갔지만…
거기에도 오리는 없었어요.

이제는 사방에서 꽥꽥 소리가 들렸어요. 그래서 오리 도둑은 사방을 다 찾아보았지만… 오리는 어디에도 없었어요!

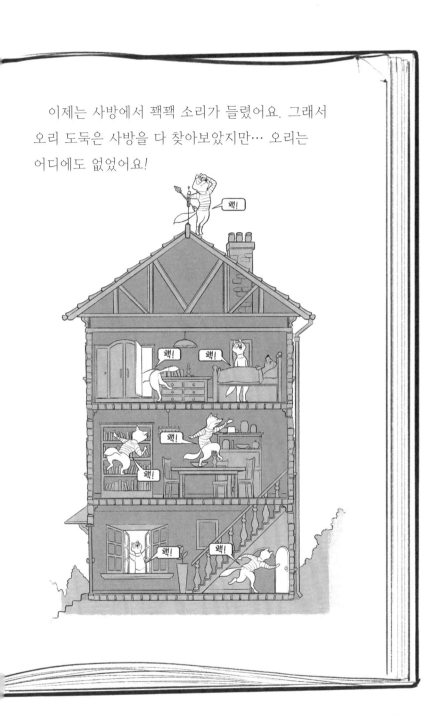

몇 시간이고 오리를 찾아다닌 오리 도둑은 대체
이게 어찌 된 일인지 너무 궁금해서 참을 수가
없었어요. 그래서 마음을 단단히 먹고는 시장님을
찾아갔지요.
　　시장님을 깨운 오리 도둑은 대체 그 유명한 오리를
어디에 숨겨 두었는지 알려 달라고 애원했어요.

그런데 시장님은 한밤중에 집에 들어온 오리
도둑을 보고서도 전혀 놀라지 않았어요. 그리고
일어나 앉아 말했지요.

"자네가 나의 아름다운 오리를 훔치러 올 거라고
예상했다네. 그래서 자네가 아무리 찾아도 찾을 수
없는 곳에 숨겨 두었지. 바로 자네 주머니에 말이야!"

오리 도둑이
주머니에 손을
넣어 보니

정말 놀랍게도
거기에…

세상에서 가장
아름다운 오리가
있었어요!

"사방에서 꽥꽥 소리가 들린 게 이래서였군요!"

꽥!

오리 도둑의 말에 시장님은 고개를 끄덕였어요.
"그렇다네. 오늘 밤 자네가 귀중한 교훈을
얻었기를 바라네. 우리가 찾아 헤매던 것이 알고
보면 이미 가지고 있을 때가 많다는 걸 말일세.
그러면 이제 내 오리를 돌려주겠나?"

하지만 오리 도둑은 아무런 대답이 없었어요.
왜냐하면 이미 사라지고 없었으니까요. 시장님의
오리를 들고 냅다 달아난 거지요!

시장님은 한탄했어요.
"오, 이런. 나도 귀중한 교훈을
얻었군. 앞으로 오리 도둑에게는
어디에 오리를 숨겼는지 절대로
말해 주지 말아야겠어."

꽥!

끝

11

주머니

"그래서 어떻게 됐어?"

황소가 묻자, 책-갈피가 대답했어.

"그 후론 아무 일도 없어. 이게 이야기의 끝이야."

그러자 네가 말했지.

"음, 기분 나빠하지 말고 들어 줘. 솔직히 썩 좋은 이야기는 아닌 것 같다. 그러니까, 자기 주머니에 오리가 있다는 것도 알아채지 못하는 도둑이 어떻게 세계 제일의 오리 도둑이 될 수 있어?"

"그러게. 돌아다니면서 분명히 느낌이 났을 텐데."

나도 맞장구치자 손목시계까지 한마디 했지.

"나도 그렇게 생각해. 난 주머니에 대해서는 잘은 몰라. 난 주머니에 넣고 다니는 시계가 아니라 손목시계니까. 하지만 주머니에 오리가 들어 있다면 분명히 알았을 것 같은데."

그러자 책-갈피가 말했어.

"여기서 중요한 건 그게 아니야. 오리 도둑은 오리가 어디에 있을지 자신의 생각에만 푹 빠져서 정신없이 다니느라 진짜 오리가 어디에 있는지는 보지도, 듣지도 못했다는 게 중요하지. 그토록 찾아 헤매던 게 사실은 자기한테 있었다는 게 이야기의 주제야. 어쩌면 너희에게도 해당하는 이야기일지 몰라."

나는 책-갈피가 한 말을 곰곰이 따져 보다가 떠오른
생각이 있었어.

"그러면 당장 내 주머니에 오리가 있는지 봐야겠다!"

하지만 내 주머니에 오리 같은 건 없었어. 종잇조각이
하나 있었을 뿐이었지.

그래서 그걸 구겨 버리려고 하는데, 네가 끼어들었어.

"잠깐만. 봐, 여기 무슨 말이 적혀 있네. 뭐라고 쓴 거야?"

"'까먹지 말 것! 잃어버린 행운의 토끼 발을 찾아야 함.'
이라고 적혀 있어."

"그래! 우리가 여기 온 목적이 바로 그거야!"

네 말에 나도 기억이 떠올랐어.

"음, 그러네! 해답은 이제껏 내 주머니 속에 있었네!"

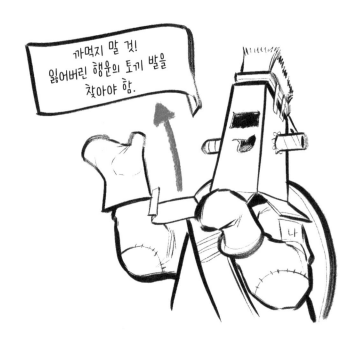

너도 네 주머니를 뒤져 보기로 했지. 그랬더니 잃어버린 기니피그가 나왔어.

너는 감격해서 소리쳤어.

"이 녀석, 여기 있었구나! 이제껏 내 주머니 속에 있었다니. 이야기에 나온 대로네."

"나도 이제껏 찾던 걸 사실은 이미 갖고 있었다는 걸 방금 깨달았어."

손목시계의 말에 나는 놀라서
물었지. "그게 뭔데?"

"그건 바로 친구야!"

손목시계는 행복하게
공중제비를 돌며 덧붙여 말했어.

"난 예전에 사귄 친구들을
잃어버리긴 했지만, 지금은
새 친구를 셋이나 사귀었다고.
야호!"

이제 남은 건 황소뿐이었어. 황소는 우리 중에서
유일하게 기분이 좋지 않은 모습으로 사납게 콧김을 뿜어
대고 있었지.

"왜 그래?"

내가 묻자 황소는 씩씩댔어.

"너희는 모두 주머니가 있는데 나는 없잖아. 이건 불공평하다고!"

"하지만 나도 주머니는 없는데."

손목시계가 대꾸하자 황소는 계속 씩씩대며 말했어.

"그게 중요한 게 아니야! 난 뒤져 볼 주머니도 없는데 어떻게 이제껏 찾던 걸 기억할 수 있겠어?"

그러자 책-갈피가 말했어.

"진정해. 인내심을 잃어버리면 좋지 않다고."

황소는 불쑥 소리쳤지.

"바로 그거야! 내가 찾던 게 바로 인내심이라고. 그런데 찾을 수가 없어서 너무 화가 나!"

책-갈피는 대답했어.

"내가 보기엔 너 인내심이 있긴 있어. 그것도 아주 괜찮은 인내심을 이제껏 갖고 다녔는걸. 다만 이제는 그걸 잘 발휘하는 법을 배워야겠네."

"어떻게 인내심을 발휘하는데?"

황소가 계속 콧김을 뿜으며 묻자, 책-갈피가 대답했지.

"음, 나는 인내심을 잃어버릴 것 같을 때마다 심호흡하고 숫자를 열까지 세. 너도 한번 해 볼래?"

황소는 씩씩거리며 대답했어.

"좋아. 해 볼게."

그래서 황소는 숫자를 세기 시작했지. 그리고 열까지 세고 났더니 마음이 아주 고요하게 가라앉아서 애초에 왜 화가 났는지조차 잊어버리고 말았어.

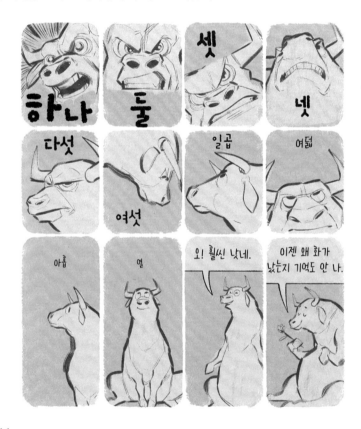

"자, 보아하니 내 임무는 다 끝난 것 같네. 그럼 난 다시 영화 대본 쓰러 가야겠다."

책-갈피의 말에 내가 물었어.

"너 대본을 쓴다고? 제목이 뭔데?"

"절대 절대 절대 절대 절대 절대 절대 안 끝나는 이야기! 난 이걸 주구장창 쓰고 있어. 지금 첫 장면도 마무리를 못 했다고."

책-갈피의 말에 나는 격려를 해 줬어.

"잘해 봐!"

이윽고 책-갈피는 날개처럼 책장을 활짝 펼치더니 하늘로 날아올랐어. 그 뒤로 이야기들이 막 떨어져 나부꼈지.

"책-갈피란 애 참 착하네. 도움도 많이 됐어."

네 말에 난 고개를 끄덕였지.

"맞아. 이제 우리가 여기 왜 왔는지 알아냈으니, 잃어버린 행운의 토끼 발을 계속 찾을 수 있겠어."

"푸키도 찾아야 해."

"아까 푸키 찾지 않았어?"

"그랬지. 그런데 또 잃어버렸어."

너는 이렇게 말하며 주머니를 뒤집었어. 그랬더니 이젠 정말 아무것도 없더라고.

"혹시라도 세상에서 제일가는 기니피그 도둑이 훔쳐 간 게 아니기를 바랄 뿐이야!"

내가 말했어.

"그랬다면 정말 운이 나쁜 거지. 그러니까 행운의
토끼 발을 꼭 찾아야 해. 빨리 찾을수록 좋다고."

"발 이야기가 나왔으니 말인데, 어디서 발냄새 같은 거
안 나냐?"

"그래, 진짜로 나. 발냄새 맞네. 발냄새가 난다는 건
발이 있다는 뜻인데… 게다가 우리가 찾는 것도 발이잖아….
그러니 저 냄새를 따라가자!"

12

잃어버린 발 상점

우리는 발냄새를 따라 숲속을 걸었어. 냄새가 나는 곳에 다가갈수록, 발냄새는 더 강하고 고약해졌지.

살다 살다 이렇게 지독한 냄새는 처음 맡아 본다고
생각한 순간, 숲이 끝나며 공터가 나타났어.

그곳에는 **잃어버린 발 상점**이라는
간판이 달린 커다란 건물이 있었지.

내가 나섰어.

"가서 확인해 보자. 어쩌면 내 토끼 발이 있을지도 몰라."

상점 안의 냄새는 지독했지만, 물건 진열은 참 잘해
놨더라.

너는 감탄했어.

"이렇게 다양한 발이 한곳에 모여 있는 건 처음 봐!"

계산대 뒤에는 고양이가 있었어. 그 고양이는 우리를
봐서 무척 기분이 좋아 보이더라.

"잃어버린 발 상점에 오신 걸 환영합니다. 저렴하게 들여
가세요! 족발! 발톱 난 발! 굽 달린 발! 앞발! 아주 큰 발!
아주 작은 발! 유기농 발이랑 친환경 발까지, 없는 게 없죠!"

고양이가 인사를 건네자 내가 말했어.

"혹시 행운의 토끼 발도 있나요?"

"흐으음, 그건 찾는 손님이 늘 많아서 물건을 확보하기가
쉽지는 않지만요, 확실히 있긴 있죠."

고양이는 내가 잃어버린 행운의 토끼 발을 들어 올렸어!

"그거예요! 그게 내가 찾던 행운의 토끼 발이에요!"

나는 손을 뻗었지만, 고양이는 자기 앞발을 쭉 뻗어 나를
막더라고.

"너무 서두르지 마시죠. 이게 좀 비싸서요."

"얼마인데요?"

내가 묻자, 고양이가 대답했지.

"음, 내가 바라는 건 돈이 아니에요. 내 말 알아듣겠어요?"

"음, 아뇨. 무슨 말인지 모르겠어요. 알아들었다는 게 안다는 거예요, 들었다는 거예요?"

"이건 파는 게 아니란 말입니다."

"하지만 여기는 발 파는 상점이잖아요!"

"그렇죠. 하지만 이 행운의 토끼 발 같은 경우는 돈이 아닌 걸로 맞교환하죠."

고양이의 말에 나는 소리쳤어.

"맞교환이라고요? 혹시 행운의 토끼 발이랑 내 발이랑 바꾸자는 건 아니죠? 절대로 안 돼요! 하지만 여기 있는 내 친구는 발을 줄 수도 있어요. 얘는 자기 기니피그한테 네잎클로버도 먹인 애거든요…. 그런데 그 기니피그를 또 잃어버렸다니까요?"

그러자 네가 발끈했지.

"푸키가 사라진 건 내 탓이 아니잖아! 게다가 네 행운의 토끼 발이랑 내 발이랑 바꾸는 건 절대로 안 돼! 토끼 발을 잃어버린 건 너니까, 네 발이랑 바꾸라고!"

그때, 황소가 말했어.

"너희, 내 쪽 보지 마. 나는 발 네 개 다 있어야 해."

손목시계도 말했지.

"난 발이 없어. 가진 거라고는 시곗바늘뿐인데 이게 없으면 난 쓸모가 없어져."

그러자 고양이가 끼어들었어.

"진정하세요. 난 여러분 발에 관심 없어요. 시곗바늘도 마찬가지고. 내가 말하는 맞교환이란 여러분이 나의 가려운 부분을 긁어 준다면 나도 긁어 준다, 이 말이었다고요…. 음, 나는 여러분을 긁어 주진 않겠지만, 여러분은 내 등을 긁어 줄 수 있겠죠? 그러면 행운의 토끼 발을 줄게요."

내가 물었어.

"우리가 등을 긁어 주면 행운의 토끼 발을 준다는
건가요?"

"그래요. 이제 문제는 얼마나 긁어 주느냐겠죠. 내 등을
긁고 배를 문질러 주기도 해야 해요. 어때요, 거래할까요?"

"좋아요! 거래해요!"

나는 호기롭게 대답했지.

그래서 우리는 다 함께 밖으로 나가서 고양이의 등을 긁었어.

그리고 배도 문질렀지.

긁고…

문지르고…

또 문지르고…

또 긁었어….

하지만 우리가 고양이를 긁어 주고 문질러 줄수록,
고양이가 점점 더 커지는 것 같더라고.

"우리 몸이 혹시 줄어들고 있나?"

네 말에 난 고개를 저었어.

"아니. 내가 보기엔 고양이가 점점 커지는 것 같아."

"하지만 고양이가 계속 커진다면 우리가 아무리 많이 긁어도 긁어 줘야 할 곳이 계속 늘어난다는 거잖아. 그러면 우리는 영원히 여기서 고양이를 긁어 줘야 할 거라고!"

손목시계의 말에 황소가 깜짝 놀라 소리쳤어.

"이건 함정이야! 우린 이 일을 영영 끝낼 수 없을 테니까, 너는 절대로 토끼 발을 얻을 수 없을 거야!"

그때, 고양이가 일어나 앉으며 말했어.

"아니, 이건 함정이 아니에요. 절대 아니라고요. 여러분은 참 잘 긁어 주었어요. 고맙습니다!"

"그러면 이제 행운의 토끼 발을 받을 수 있을까요?"

내 말에 고양이는 토끼 발을 던져 주었어.

"물론이죠. 거래는 지켜야 하니까요."

내가 토끼 발을 잡자, 두 손에 행운이 따스한 기운처럼 느껴지면서 팔을 타고 올라와 온몸에 스며들더라.

"고맙습니다! 벌써 행운이 가득한 느낌이에요. 음, 그러면 이제 우리는 가 볼게요. 토끼 발 주신 것 고마워요! 안녕!"

내가 작별 인사를 건네자 고양이는 우리를 묘하게
번뜩이는 눈빛으로 바라보며 말했어.

"여기서 나랑 점심 먹고 가는 건 어때요? 여러분 모두
나를 긁어 주느라 배가 고플 텐데요."

"나도 배고파요. 점심으로 뭐 먹을 건데요?"

네가 묻자, 고양이는 거대한 입술을 핥으며 말했지.

"흐으음… 보자. 아, 그래, 널 먹어야겠다!"

난 화들짝 놀랐지.

"아, 이런! 도망쳐!"

187

우리는 걸음아 날 살려라 달아나서…

언덕을 내려갔다가…

올라갔다가…

다시 또
내려가서는…

189

마침내 길게 뻗은 백사장에 다다랐지.

뒤에는 바다, 앞에는 거대한 고양이라니. 우린 꼼짝없이
갇혀 버렸어.

"너한테 행운의 토끼 발이 있으니까 우리는 운이 좋아야
하는 거 아니야?" 네가 묻자, 고양이가 그러더라.

"나한테는 행운을 가져다주긴 했지. 등도 시원하게
긁었고, 이젠 먹을 것도 생겼으니까."

13

건드리면 깨는 거북이

나는 고양이에게 소리쳤어. "잠깐만 기다려 봐!"

"내가 왜?"

"여기 표지판이 있어. 거대 고양이는 오전 9시부터 오후 5시까지 해변에 들어오면 안 된대."

"오전 9시부터 오후 5시까지?"
고양이가 묻자, 손목시계가 대답했어.
"그래. 절대 출입 금지야."

"음, 거참 운이 없군. 배가 고프긴 하지만 규칙은
지켜야겠지."

고양이의 말에 나는 위로를 해 주었어.

"괜찮아. 다음엔 운이 좋아지겠지."

"다음이라니, 무슨 소리야? 난 5시까지 기다릴 거야."

고양이는 표지판 옆에 납작 엎드려서 굶주린 눈빛으로
우리를 빤히 바라보았어.

"너 잃어버린 발 상점에서 발 팔아야 하는 거 아니야?"
네가 묻자, 고양이가 대답했지.

"괜찮아. 그건 취미로 연 가게야. 난 시간이 넘쳐나는
고양이라서, 내 눈에 보이는 한 너희들은 언젠가 반드시
잡히게 되어 있어."

큰일 났습니다!
저들이 힘센 조개를
데려왔습니다!

"진짜 실망이다. 내가 행운의 토끼 발을 되찾았는데도 우리는 여전히 힘든 상황이야. 여기가 어딘지도 모르는데, 오후 5시가 되면 죄다 고양이 밥이 되게 생겼다니."

내가 한탄하자 황소가 말했어.

"사실, 여기가 어딘지는 알아."

"그걸 어떻게 알아?"

내가 되묻자, 황소가 대답했어.

"저기 또 표지판이 있으니까."

그러자 손목시계가 감탄했지.

"황소도 글씨를 읽을 줄은 몰랐어."

"나도 손목시계가 하늘을 날 줄은 몰랐어. 하지만 너는 날잖아. 아무튼 여기는 '건드리면 깨는 거북이 바다'야."

황소의 말에 네가 끼어들었어.

"저 바다 건너편에 우리 집이 있는 것 같아. 자세히 보면 아스라이 보이는 산꼭대기에 우리 아지트가 보여."

"그러면 너희는 바다를 건너기만 하면 집에 돌아갈 수 있다는 거야?"

손목시계가 묻자 나는 고개를 끄덕였어.

"그럴 것 같아. 하지만 배도 없이 바다를 건너기는 쉽지 않지."

오전 9시부터
오후 5시까지
거대 고양이
해변 출입 금지

"절대로 부서지지 않는 모험 차만 있었더라면, 단숨에 집에 갈 수 있을 텐데."

네 말에 난 시무룩하게 중얼거렸어.

"절대로 부서지지 않는 모험 차를 네가 부수지만 않았더라면, 우리는 벌써 집에 가고도 남았어."

"절대로 부서지지 않는 모험 차는 내가 부순 게 아니야! 저절로 나무를 들이받아 부서졌다고!"

네가 발끈해서 소리치자, 나도 맞받아쳤어.

"무슨! 네가 비행 버튼을 너무 세게 눌러서 부서진 거지!"

"아냐! 내가 그런 거 아니야!"

"맞아! 네가 부순 거 맞다고!"

그때, 황소가 말했어.

"야, 너희 둘은 열까지 세면서 좀 진정해야겠다. 싸운다고 뭐가 해결되는 게 아니잖아."

내가 물었지. "그래? 그럼 달리 좋은 생각이라도 있어?"

"헤엄쳐서 가면 어떨까?"

"황소가 글씨를 읽는 것도 모자라서 수영을 한다고?"

손목시계가 물었어.

"그럼. 우린 멍청이가 아니라고. 물론 누가 앞에서 빨간 물건을 마구 흔들어 댈 땐 정신을 못 차리긴 하지만."

파란 수건

노란 수건

초록 수건

빨간 수건

"나한테 더 좋은 생각이 있어. 건드리면 깨는 거북이들을 징검다리 건너듯 밟고 가면 어떨까?"

네 말에 내가 대답했어. "별로 좋은 생각 같지 않은데. 그러다 거북이가 깨면 어떡해?"

"깨면 좀 어때? 우릴 죽이기야 하겠어? 게다가 지금 넌 행운의 토끼 발도 있잖아."

그래서 내가 대답했지.

"있지, 생각해 보니 네 말이 맞네. 그럼 재미있게 건너 보자!"

우리는 바다로 들어가서, 건드리면 깨는 거북이의 등껍질을 밟기 시작했어. 잠시나마 아주 재미있었지!

"이거 꼭 끝없이 이어지는 징검다리 같다!"

다 같이 거북이 등을 폴짝폴짝 뛰어다니는 동안, 네가 행복한 목소리로 말했어.

그런데 안타깝게도, 재미있던 순간은 오래가지 못했어.
우리가 죄다 뛰어다니는 바람에 건드리면 깨는 거북이들이
잠에서 깨어났거든. 등을 밟혀서 기분이 나빠 보였어.

거북이들이 날카로운 주둥이로 우리를 깨물기 시작하자,
황소가 말했어.

"어, 이런. 얘네는 건드리면 깨는 거북이들이 아니네….
건드리면 '깨무는' 거북이였어! 아까 그 표지판의 글자가
떨어졌나 봐!"

네가 물었어.

"그럼 이제 어쩌지?"

그래서 내가 말했지.

"이제 방법은 하나뿐이야."

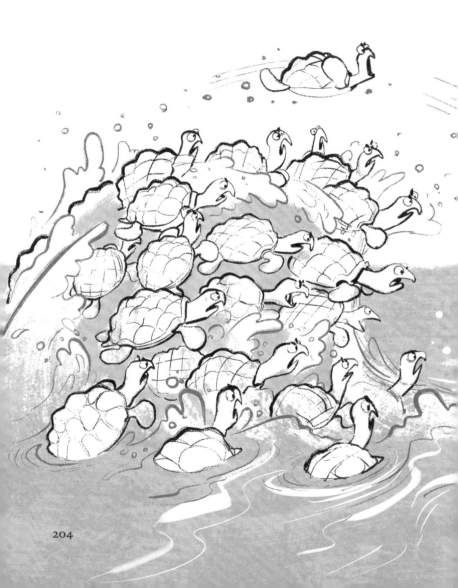

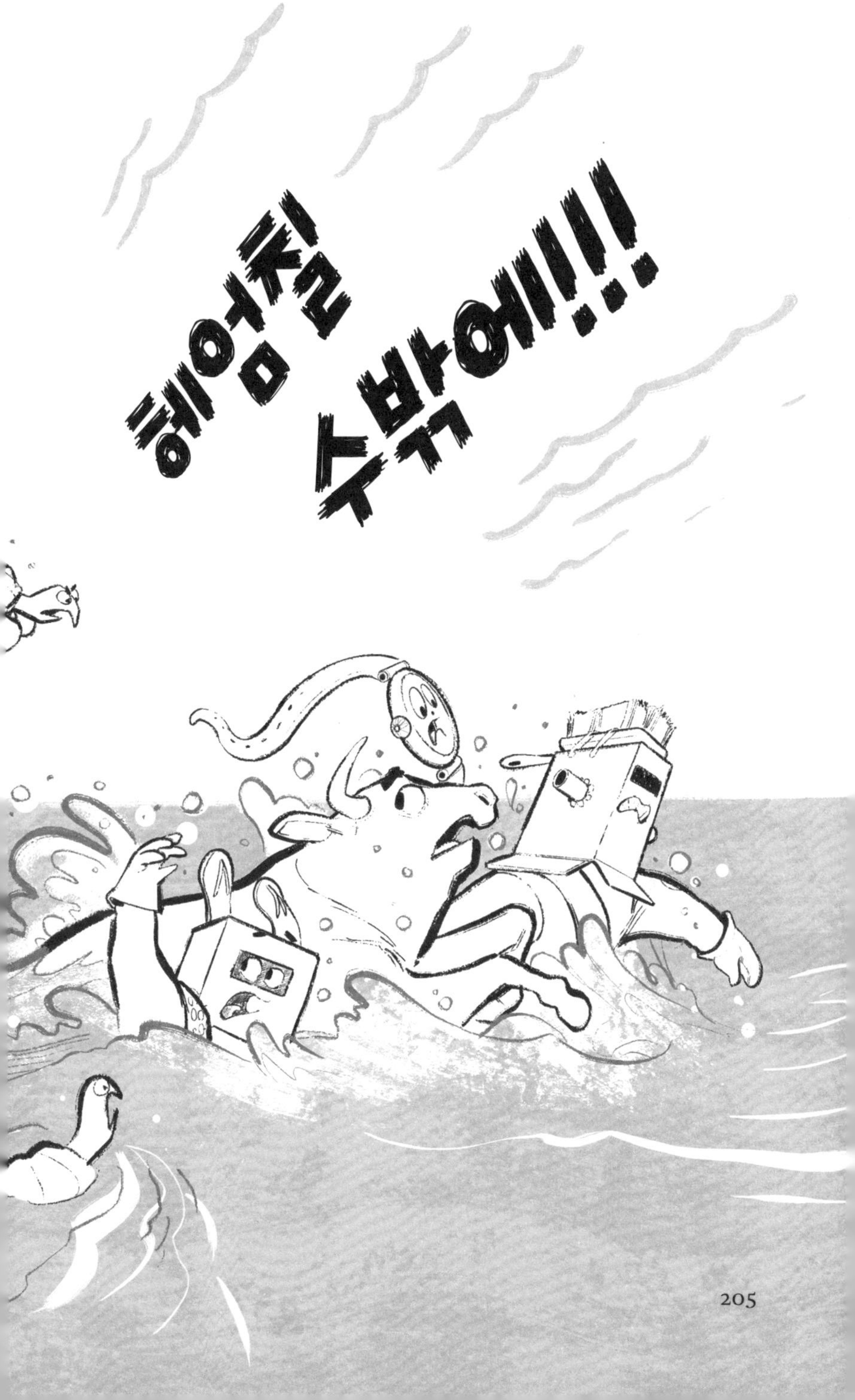
헤엄칠
수밖에!!!

우리는 있는 힘을 다해 헤엄쳤어. 거북이들이 뒤쫓아오는 가운데 한참을 헤엄치다 보니, 저 멀리 수면 위로 욕조가 보였어. 둥둥 뜬 욕조 속에는 누군가 앉아 있었지.

"어, 나 저 욕조 뭔지 알아."
네 말에 내가 이어 말했어.
"그리고 누가 타고 있는지도 알겠어. 저건 주먹머리
조니야!!!"

14

주먹머리가 구하러 오다

"저 비열한 배신자 도둑을 어서 빨리 잡아야겠어!"

이렇게 말하는 너를 난 말렸지.

"나도 그래. 하지만 저놈을 잡기 전에 먼저 저놈의 욕조 보트에 타야 한다고. 그러니까 일단 거기에 집중하자. 자, 이리 와."

우리는 욕조로 헤엄쳐 갔어.

"야, 주먹머리 이 자식아!"

조니는 우리를 돌아보더니 깜짝 놀랐지.

"어, 너희 모두 무사했구나! 다행이다! 너희를 찾아서
사방을 헤매 다녔다고!"

조니는 이렇게 말하며 우리가 보트에 타는 걸 도왔어.

"아 그래? 보물을 몽땅 가지고 달아날 땐 우리를 그다지 열심히 찾는 것 같지 않던데?"

내 말에 조니가 대답했어.

"그래. 내가 나쁜 놈으로 보였겠지. 하지만 그건 내 잘못이 아니었어. 맹세할 수 있어."

"그래? 그럼 누구 잘못인데?"

내가 빈정거리자 조니가 말했지.

"그건 양말들 생각이었어. 걔들이 나한테 시킨 거야."

그러자 황소가 말했어.

"하, 그렇구나. 혹시 누구 양말이 도둑질한다는 얘기 들어 본 적 있어? 정말 개똥 같은 소리네. 내가 개똥은 많이 밟아 봐서 알지."

그러자 조니가 씩씩대며 말했어.

"아니, 진짜라니까! 맹세한다고! 잃어버린 양말들이
그랬어. '보물 갖고 그냥 튀자. 그러면 저놈들과 나눠 갖지
않아도 되잖아!' 그래서 내가 말했지. '절대로 안 돼. 쟤들은
내 친구라고.' 하지만 양말들은 코웃음 치더니 보물을
욕조에 싣고서는 내가 말리기도 전에 이륙해 버렸어….
심지어 내가 욕조에서 내리기도 전에 이륙하더라니까!"

"하지만 네가 외치는 소리를 들었는데. '또 보자,
멍청이들아!'라고 했잖아."

또 보자,
멍청이들아!

"양말들이 시켜서 어쩔 수가 없었어."
조니의 말에 네가 물었지.
"걔들은 왜 그랬대?"
그러자 조니는 어깨를 으쓱이며 대답했어.
"난들 알아? 너희는 내가 잘못한 거고 걔들은 죄가
없다고 생각하나 보네. 하지만 양말이 작정하고 마음을
비뚤게 먹으면 무슨 짓인들 못 하겠어? 게다가 걔들은 주인
잃은 양말들이니 얼마나 더 막 나가겠냐?"

"나야 모르지. 하지만 한 가지는 확실히 알아. 바로 주먹머리 조니가 비뚤어진 심성으로 무슨 생각을 하는지는 아주 잘 안다고. 그러니 사실대로 말하는 게 좋을 거야. 안 그러면 너를 거북이 밥으로 던져 버릴 테니까!"

내 협박에 조니가 대답하더라.

"넌 그런 짓 못 해. 넌 너무 착하다고."

"하는지 못 하는지 내기할래?"

나는 욕조 끝으로 조니를 세차게 밀었어. (넥타이를 잡고 있지 않았더라면, 분명히 바다에 빠졌을 거야.)

조니는 다급하게 소리쳤지. "알았어! 알았다고! 나
빠뜨리지 마! 네 말이 맞아! 전부 다 내가 벌인 짓이야!
양말들은 죄가 없어. 정말 미안해. 그러니 나 빠뜨리지 마!"

"조니, 왜 그랬어?"

내가 욕조로 조니를 끌어당기자 네가 물었지. 조니는
쉽사리 대답하더라.

"그야 보물이었으니까. 그리고 난 보물을 무척
좋아하거든. 그게 내 약점이야. 음, 초콜릿 아이스크림도
좋아해. 아, 강아지도. 사실, 난 약점이 아주 많아. 하지만
보물이야말로 약점 중의 약점이지."

네가 물었어.

"그런데 네가 그토록 좋아하는 보물은 다 어딨어?"

조니는 슬픈 표정으로 욕조 바깥을 가리켰어.

"바다 저 밑바닥에 있어. 욕조가 가라앉지 않게 하려고 어쩔 수 없이 소중한 보물을 전부 바다에 던졌거든."

"대체 왜 바다에 있던 건데? 마지막으로 봤을 때는 하늘을 날고 있었잖아."

네가 묻자, 조니가 대답했지.

"비가 오기 시작했거든. 비를 맞으니까 양말이 모두 흠뻑 젖어서 날지 못하게 됐어. 결국 우리는 바다에 떨어졌어."

이번엔 내가 물었어. "그럼 양말들은 어디 있어?"

조니가 대답했지.

"거북이들이 줄을 다 끊어 버려서 양말들은 헤엄쳐
달아났어. 나 혼자 이 바다에서 떠다니게 버려두고 말이야."

"비열하고 못된 배신자 보물 도둑에게 천벌이 내렸구나."

네 말에 조니는 고개를 끄덕였어.

"그런 것 같아. 하지만 달리 생각해 봐. 내가 비열하고
못된 배신자 도둑이 아니었다면, 난 여기 와서 너희를 구해
줄 수 없었을 거야. 그랬다면 너희는 모두 거북이에게 물려
죽는 신세가 됐을걸."

그때, 황소가 말했어.

"어…, 대화 중에 미안한데, 지금 거북이들이 욕조에 구멍을 내고 있거든. 그래서 우리가 가라앉고 있다는 걸 알았으면 해. 그것도 아주 빨리 가라앉고 있어."

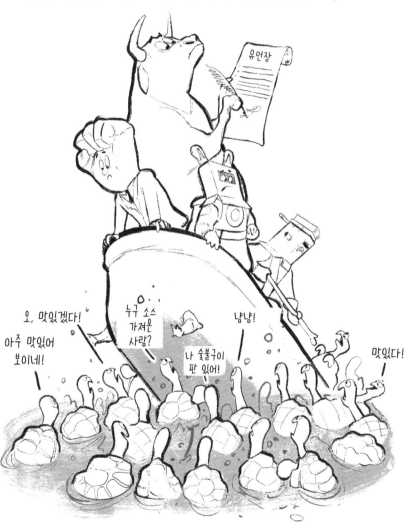

그래서 우리는 아직 가라앉지 않은 부분에 아슬아슬하게
서 있었지. 그때, 저 멀리 배가 한 척 보였어.

배는 점점 가까이 다가왔지만… 거북이도 다가오긴 마찬가지였지!

우리는 팔을 마구 휘저으며 소리쳤지.
"살려 주세요! 제발요! 우리 좀 살려 주세요!"

15

해적 토끼

어이쿠!

그다음에 어떻게 되었냐고? 연기가 확 피어오르더니
배에서 불덩이가 발사되었어.

잠시 후 커다란 소리와 함께…

대포알이 우리 쪽으로 날아오더라고!

우리 옆으로 물보라가 확 솟아오르면서 거북이들이 죄다 사방으로 날아가 버렸어. 아, 우리도 덩달아 날아갔지!

도로 바다에 풍덩 빠진 우리는 서로를 찾아 헤엄쳤어. 이제 거북이들은 온데간데없이 보이지 않더라.

"와, 이거 재밌네. 대포알이 떨어져서 바다에서 튕겨 나오기는 처음이야!"

네 말에 조니도 한마디 했어.

"게다가 대포알 덕분에 깨무는 거북이들도 사라졌지. 그래도 그렇지, 얼마나 심사가 꼬인 놈이길래 욕조 타고 다니는 불쌍한 조난자들한테 대포를 쏴?"

"그건 곧 알게 될 것 같네. 저기 배가 온다."

황소가 말했어. 이윽고 배가 우리 쪽으로 가까이 오자, 두 가지를 알 수 있었어.

첫째, 그 배의 돛에는 해골이랑 뼈가 그려져 있더라….
그렇다면 저 배는 '해적선'일 수밖에 없겠지!

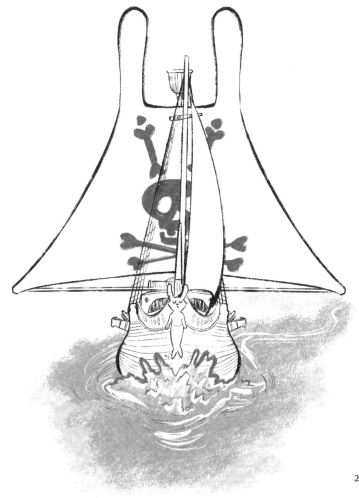

둘째, 그 배의 선장은 토끼였어…. 그러니까 저 토끼는 '해적 토끼'일 수밖에 없겠지!

"어이, 안녕하신가."

해적 토끼가 인사하자, 조니가 소리쳤어.

"어이, 안녕은 너나 하겠지! 우리에게 대포를 쏘다니 대체 무슨 생각이야?"

"어쩔 수 없었어. 저 거북이들이 너희 주위에 널렸는걸. 내가 신선하고 맛 좋은 당근을 겨우 하나 먹을까 말까 하는 동안, 저놈들은 물에 빠진 뱃사람의 살을 다 뜯어 먹고도 남는다니까. 내가 너희한테 빨리 갈 수도 없으니, 그나마 대포를 쏘는 게 제일 나은 선택지였다고. 불편하게 했다면 미안하군. 불쾌했다면 사과할게."

"혹시 우리가 배에 타도 되나?"
내가 묻자, 토끼가 대답했어. "음, 조건이 맞으면."
"무슨 조건?"
"태워 주는 대가로 너희가 뭘 주는지 봐야지."

"우린 아무것도 가진 게 없는데."
조니가 말하자 토끼는 미심쩍다는 듯 대답했지.
"아무것도? 보물이나, 보석이나, 돈 같은 거 없어?"
"땡전 한 푼도 없어."
내가 이렇게 대답했을 때, 네가 입을 떡 벌리더니 말했어.
"행운의 토끼 발은? 그건 갖고 있잖아."
그러자 토끼가 말했어.
"행운의 토끼 발? 너한테 행운의 '토끼' 발이 있다고?"

나는 얼른 대답했어.

"아무것도 아냐. 그건 별 효력 없는 엉터리 부적이랄까. 난 이게 진짜 토끼 발인지 아닌지도 몰라. 게다가 너 같은 거물급 해적이 관심을 둘만 한 물건은 아니라고 생각해."

그러자 토끼가 말했어.

"네 생각보다 훨씬 관심이 많다네, 친구. 난 오랜 세월 바다를 항해하며 잃어버린 발을 찾아다녔거든!"

이렇게 말하면서 토끼는 오른 다리를 들어 끝을 가리켰어. 거기엔 발이 없더라고. 다만 아주 해적스럽지 않은 낡은 테니스공이 박혀 있었지.

내가 말했어. "발을 잃어버렸다니 정말 안됐다. 하지만 내가 가진 게 네 발일 것 같진 않아. 일단 색깔이 다른데."

"그건 내가 보고 결정하지. 그러니 보여 줘."

토끼가 말하자 내가 제안했어.

"일단 우리 모두 배에 태워 주면 보여 줄게."

"아아, 제법 세게 나오는군. 하지만 그 정도는 해 줘야겠지. 내가 그물을 내려서 너희를 바다에서 건져 올릴 테니 너는 그 발을 보여 줘. 알겠지?"

"좋아."

토끼는 그물을 내렸고, 우리는 다 올라탔어.

우리는 그물에 담겨서
갑판 위로 대롱대롱
매달렸어.

"그런데 왜 배에 너만 있어? 다른 선원들은 없어?"

내가 묻자, 토끼는 으르렁거리며 말했어.

"그 녀석들이 내 명령을 안 들어서 죄다 바다에 던져
버렸지. 자, 너희도 바다에 던져지고 싶은 게 아니라면 어서
발을 보여 줘."

"일단 우리부터 그물에서 꺼내 줘야지."

나는 강하게 말했지만, 토끼도 만만치 않았어.

"발을 보기 전까진 안 돼."

나는 주머니에서 토끼 발을 꺼내서 들어 보였어.

그러자 토끼가 소리쳤어.

"내가 잃어버린 발이 맞아. 난 어디서든 내 발을 알아볼 수 있어. 게다가 증명할 수도 있다고! 발바닥 한가운데에 당근 모양 점이 있거든."

발을 돌려 보자, 아니나 다를까, 진짜로 점이 있더라니까. 완벽한 당근 모양으로 찍힌 점이 말이야!

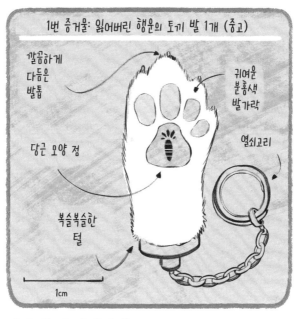

1번 증거물: 잃어버린 행운의 토끼 발 1개 (중고)

깔끔하게 다듬은 발톱

귀여운 분홍색 발가락

당근 모양 점

열쇠고리

복슬복슬한 털

1cm

"음, 이제 내 말 믿겠나?"

나는 호락호락하지 않았지. "아직은 부족해. 우연의 일치일 수도 있잖아. 우선 어쩌다 발을 잃어버렸는지 얘기해 줘. 그러면 네 말이 진짜인지 아닌지 알 수 있겠지."

"좋아. 궁금하다고 하니 들려주지. 어떻게 된 거냐면…."

토끼가 이야기를 시작했어.

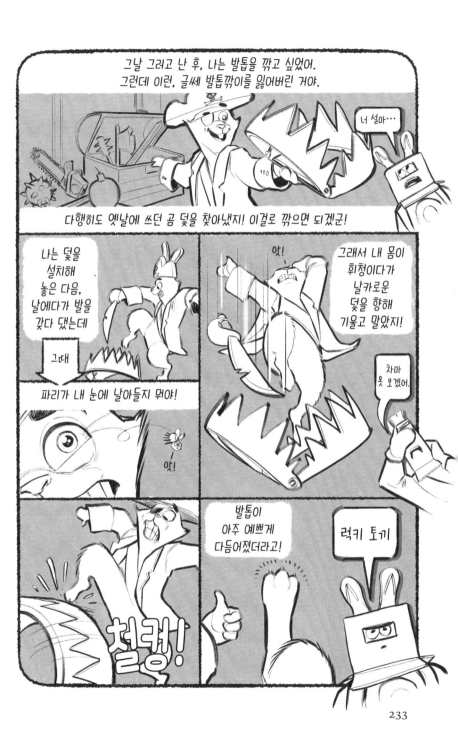

그날 그러고 난 후, 내 친구 스티브 선장을 보러 갔지.

아 어떡해.

스티브는 나에게 새 대포를 보여 주면서 말했지. 한번 쏴 보고 싶은데
대포 안에 자기 반려 게 싹둑이 샐리가 들어가서 나오질 않는다고.

설마 발을
넣었나

그래서 스티브가 대포 쏠 준비를 하는 동안
나는 싹둑이 샐리를 꺼내려고 했는데, 내 팔이 너무 짧아서 안 닿더라고.

아,
안 보련다.

그래서 이번엔 발을 넣어 봤는데, 싹둑이 샐리가 험악하게 집게발을
딱딱거리더라고. 마침 스티브는 대포에 불을 막 붙이려던 참이었지.

그 순간 샐리는
그날 저녁 약속이
있다는 게
생각났고,
내 발가락을
덥석 잡더라.

그래서 내 목숨과
발은 무사했어!

17

말썽꾼 하나 추가

토끼가 이야기를 마쳤어.

"눈물 없인 들을 수 없는 나의 잃어버린 발 이야기는 여기까지야. 난 사실 내 발을 다시 볼 수 있을 거란 희망이 없었어. 그런데 오늘! 그 발을 보게 된 거야. 자, 어떡할래? 내가 오래전 잃어버렸던 발을 돌려주지 않을래?"

"음, 주고야 싶지. 정말 주고 싶어. 그런데 못 줘."

내 대답에 토끼는 눈살을 찌푸렸어.

"왜? 그 발은 내 거라고!"

238

"네 이야기가 진짜라면, 이 발은 원래 네 거지. 하지만
지금은 내 거라고. 난 이 발을 되찾으려고 온갖 힘든 일을
겪었어. 그리고 모험을 떠날 때 행운이 있으려면 이 발이 꼭
필요하다고."

그러자 토끼가 말했지. "흠, 네가 구금실에 가서도 운이
좋다고 느낄지 한번 볼까."

"구금실이 뭔데?"

이건 내가 굳이 물어볼 필요 없는 질문이었어. 토끼는
대답해 주지 않았으니까. 그저 갑판에 있는 뚜껑 문을 열고
우리를 그 밑으로 떨어뜨렸고…

…우리는 어둡고 눅눅하고 고약한 냄새 나는 감옥에
갇히고 말았어.

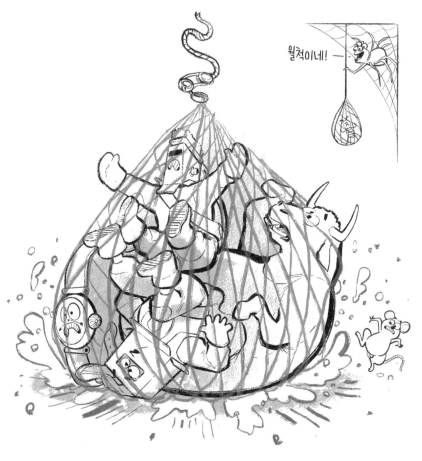

월척이네!

"그거 정말 행운의 토끼 발 맞아? 우리한테 그다지
행운을 가져다주는 것 같지 않은데."
네 말에 난 발끈했어.
"무슨 소리야? 이걸 보라고!"

나는 토끼 발의 날카로운 발톱으로 그물을 잘랐어.
우리는 모두 구금실의 미끌미끌한 바닥으로 우르르
떨어졌지.

"이것 봐. 그물에서 나왔으니 얼마나 운이 좋아?"
내 말에 손목시계가 대들었어.
"넌 해적선 구금실에 갇혔으면서도 운이 좋다는 소리가
나오냐?"
"음, 거북이들한테 물려 죽는 것보다 낫지 않아? 토끼
발의 행운은 알 듯 말 듯 작용한다고."
이번엔 황소가 대꾸했지.
"그 행운이란 거 냄새 한번 고약하네. 여기 악취는 정말
지독해. 그냥 토끼 발을 줘 버리면 안 돼? 그러면 우리 모두
여기서 나갈 수 있잖아."
그러자 손목시계도 거들었어.
"그래. 어차피 그 발은 토끼 거잖아."

그때였어. 구금실 안에 낮게 으르렁거리는 소리가 울려 퍼졌지. 내가 놀라서 말했어.

"아, 이런. 여기 우리만 있는 게 아닌가 보네."

어둠 속을 들여다보니 무시무시한 그림자가 보이더라.

"으아아아악!"

황소가 비명을 지르자, 손목시계도 화들짝 놀랐어.

"아이고!"

"저, 저게 뭐야?"

너는 공포에 부들부들 떨면서 물었지. 무섭긴 나도 마찬가지였어.

"모, 모, 몰라! 위험한 괴물 같아!"

"나만큼이나 위험한 존재일 리는 없어. 누구 손전등 있어?"

조니가 말하자 내가 대답했지. "나 있어."

"나에게 똑바로 비춰 봐. 내가 알아서 할 테니."

나는 어깨에 멘 도구 모음 벨트에서 손전등을 꺼내어 조니를 비추었어.

그러자 벽에 거대한 그림자가 생겨났어. 이윽고 조니는 머리의 손가락을 움직이더니, 지금 우리를 위협하는 괴물과 아주 똑같은 그림자를 만들어 냈지!

"크르르르르릉!"

조니가 으르렁거리자, 괴물도 맞서 으르렁거렸어.

"크르르르르르르릉!"

그러자 조니는 더 크게 으르렁거리더라고.

"크르르르르르르르르르르르릉!"

그 순간, 괴물이 으르렁거리기를 뚝 그치더니 갑자기
웃기 시작했어.

"뭐가 그리 웃기지?"

조니가 소리치자, 괴물이 대답했지.

"야, 너였구나! 넌 오래전에 잃어버린 쌍둥이 형제도 못
알아보냐?"

흐릿한 불빛 속을 들여다보자 주먹머리의 형상이 우리
쪽으로 다가왔어. 그 주먹머리는 정말로… 주먹머리 조니랑
똑같이 생겼더라고!

"지미!"
조니가 소리치자 지미도 소리쳤지.
"조니! 비밀의 악수를 하자고!"

"다시 보니 좋다. 그런데 여기서 뭐 하고 있었어?"

지미가 묻자, 조니가 대답했지.

"당연히 보물을 찾고 있었지. 너는?"

"해적 토끼의 보물을 훔치려다가 잡혀서 구금실에 갇혔지. 네 친구들 좀 소개해 주지 그래?"

지미의 말에 조니는 고개를 끄덕였지.

"좋아. 지미, 모두에게 인사해. 자, 여러분, 이쪽은 오래전에 잃어버린 내 형제 지미야."

"다들 반가워. 자, 이제 우리의 주먹머리라도 모아서 토끼의 보물을 훔치고… 이 배도 훔쳐 보자!"

지미의 말에 조니가 물었어.

"뭐 좋은 생각이라도 있어?"

그러자 지미는 씩 웃으면서 대답했지.

"우리가 머리를 모으면 뭔가 떠오르지 않겠어? 괜히 우리를 악명 높은 주먹머리 형제라고 부르는 게 아니잖아?"

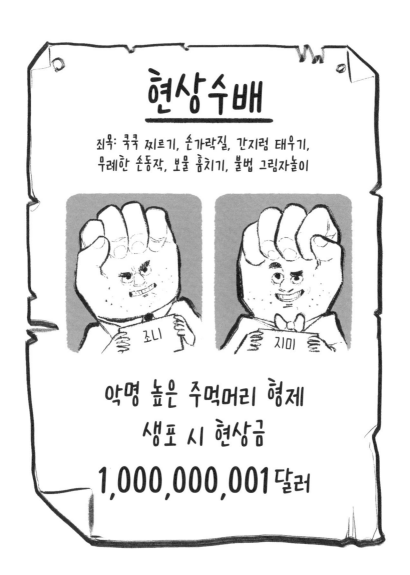

18

속닥속닥

지미와 조니는 바짝 붙어 서더니 오랫동안 둘이
속닥였어.

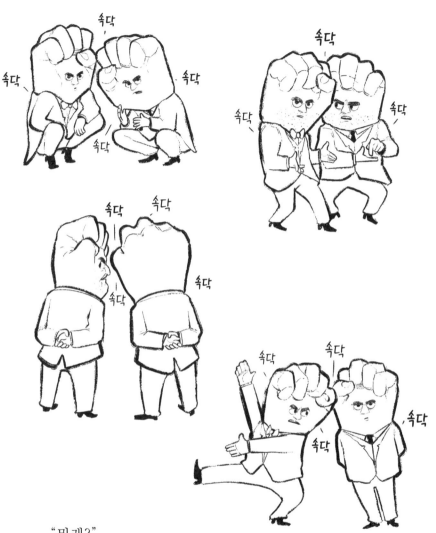

"뭐래?"
내가 묻자, 네가 대답했지.
"속닥속닥, 속닥속닥."
"재밌냐?"

마침내 조니와 지미는 속닥거림을 멈추고 하이파이브를 했어. 그리고 소리쳤지.

"그래, 그렇게 하자!"

그러고는 우리를 돌아보았어.

"다들 잘 들어. 계획은 이래. 너희는 가서 토끼에게 발을 주는 척해. 그러면 내가 교묘하고 능수능란한 손놀림을 발휘해서 한 방 크게 먹일게."

"그런 다음엔 내가 뺨을 갈길게!"

지미가 말하자 조니는 한술 더 떴어.

"그러면 내가 또 한 방 먹이고."

"그러면 내가 또 뺨을 갈겨야지. 진짜 철썩 소리 나게."

네가 물었지.

"그게 끝이야? 둘이 한참 속닥속닥하더니 결국 세웠다는 계획이 토끼를 주먹으로 치고 뺨을 때린다는 거냐고."

"교묘한 손놀림을 발휘한다니까. 그게 내 아이디어였어."

조니의 말에 지미가 발끈했어.

"아니야, 그건 내 아이디어였어!"

"아니라니까, 내 아이디어라고!"

"내 거야!"

"내 거야!"

지미와 조니는 계속 소리를 질렀지.

순식간에 그 둘은 손을 뻗어 서로의 목을 졸랐어. 결국 황소는 그 둘을 떼어놓고서 말했지.

"그냥 둘이 함께 낸 아이디어였다고 하자. 이제 준비해. 토끼가 오고 있어."

이윽고 뚜껑 문이 열리더니, 구금실 안이 환해지면서
토끼가 나타났어.

"이제 거래할 마음이 드나? 너희를 풀어 주면 내 발을 줄
거야?"

내가 대답했지.

"그러게 말이야. 이제 네가 그렇게 말하니까 아주
합리적인 거래 같다. 여기 네 발 줄게."

"아아, 현명하게 판단할 줄 알았어."

토끼는 깡충 다가와 내가 들고 있는 토끼 발에 손을
뻗었어.

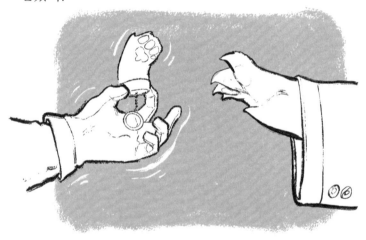

나는 조니와 지미가 끼어들어 주먹으로 한 방 먹이고
뺨을 갈기기를 기다렸지만, 두 형제는 움직일 기미가 보이지
않았어.

마침내 토끼가 행운의 발을 잡기 직전, 난 더는 참을 수가
없었지.

"교묘한 손놀림을 발휘하라고, 이 주먹머리들아! 당장!"
나는 꿈쩍도 안 하는 형제들에게 소리쳤어.
하지만 결국, 토끼는 발을 가져가고 말았어.
"이젠 늦었어!"
토끼는 고소하다는 듯 말하며 잠시 발을 높이 들고
있다가 재빨리 다리에 박힌 테니스공을 빼고서 자신의 진짜
발을 끼워 넣었지.
"아아아아아! 다시 돌아왔다!"

토끼는 우리를 보고 씩 웃었어. 눈빛에 광기가 잔뜩 서려 있더라고.

주먹머리 형제는 여전히 겁에 질려 꼼짝도 못 했고.

"자, 이제 정리를 좀 해 볼까. 너희는 죽을 준비를 해."

토끼의 말에 내가 대뜸 물었어.

"하지만 우리를 풀어 준다고 했잖아? 거래는 지켜야지. 넌 약속을 했어."

하지만 토끼는 그저 어깨를 으쓱였지.

"내가 뭐라고 하겠어? 난 해적이잖아. 약속을 꼬박꼬박 지킨다면 그게 해적이야?"

"그런 식으로 나온다면 나도 똑같이 해 주겠어!"

너는 소리치며 앞으로 나섰어.

하지만 토끼는 코웃음을 쳤지.

"아, 그래? 너는 무슨 약속을 깰 건데?"

"내가 약속한 건 없어. 하지만 약속 대신 널 깨부수겠다.
약속도 안 지키는 이 비열하고 썩어 빠진 토끼야!"

솔직히 말할게. 그때만큼 네가 용감해 보인 적은 없었어.

그리고 그만큼 멍청해 보인 적도 없었고.

토끼는 그냥 웃기만 하더니 단도를 빼 들고 너의 목깃
바로 아래를 겨누고는 구금실 구석으로 던져 버렸지.

너는 주먹머리 형제들에게 부딪쳤어.

그런데 천만다행히도 그 바람에 주먹머리들이 정신을
차렸어.

두 형제는 벌떡 일어서더니 해적 토끼에게 휙
달려들었어. 그리고 『주먹머리 레슬링 고급 기술 교본』에
나오는 화려한 기술을 죄다 선보였지.

마침내, 주먹머리 형제는 각각 토끼를 붙잡았어.
그리고 어마어마한 힘으로 토끼를 구금실 밖으로
집어던졌지. 토끼는 배 옆으로 떨어져서 바다에 빠졌어.
그리고 곧바로 건드리면 깨무는 거북이들에게
둘러싸이고 말았어.

"너희들, 후회하게 될 거다! 날 이토록 망신
주다니 언젠가 후회할 날이 올 거라고! 두고 보자!"

토끼가 소리치는 말에 너도 맞받아쳤지.

"두고 보자는 말 하나도 안 무서워!
소리치는 힘이 아깝다! 하지만
너야말로 당장 헤엄치지 않으면
후회하게 될걸?"

"그 말은 맞아. 일단 다음에
보자고…."

토끼는 이 말을 남기고
대단히 빠른 속도로
헤엄쳤어. 행운의 토끼
발이 있어서 가능한
속도였지. 그 뒤를
건드리면 깨무는
거북이들이 떼를
지어 쫓아갔고.

19
위대한 보물 사냥꾼

 토끼가 시야에서 사라지자마자, 주먹머리 조니는 토끼가
쓰던 해적 모자를 들고서 말했어.
 "나쁜 토끼가 없어져서 속이 다 시원하군! 그럼 새로운
선장님 만세! 바로 내가 선장이지!"

나는 조니에게서 모자를 뺏어 들며 말했어.

"잠깐 기다려. 이 배에서 선장이 될 자격이 있는 자가 있다면, 그건 바로 나야. 따지고 보면 이 모험을 이끄는 지도자는 나니까."

그 순간, 네가 나서더니 나한테서 모자를 뺏어 들며 말했어.

"어떻게 네가 지도자가 된다는 거야? 이 모험을 떠나자고 한 건 나였어. 그러니까 내가 선장이 되어야 해!"

하지만 내가 뭐라 반박하기도 전에, 손목시계가 우리 사이로 날아왔지.

"지도자의 자질로 따지자면, 선장이 되어야 하는 건 나야. 명심해, 나야말로 너희 모두를 캠프장으로 데려다주고 보물 동굴로 안내했다고."

그러자 황소가 손목시계에게 말했어.

"그건 맞는 말이야. 하지만 너는 모자를 쓸 머리가 없잖아. 얼굴밖에 없다고. 여기서 선장이 되어야 할 자는 나야. 딱 봐도 내가 가장 힘이 세니까."

황소는 손목시계에게서 모자를 빼앗아 자기 뿔에 걸었어.

"그만해, 이 멍청한 황소야. 너 때문에 모자가
늘어나잖아!"

지미는 이렇게 말하며 펄쩍 뛰어올라 황소에게서 모자를
낚아챘어. 그리고 자기 머리에 쓰려는 순간, 조니도 모자를
탁 잡았지.

"여기서 선장이 되어야 할 자는 바로 나야!"

조니가 소리치자 지미가 맞받아쳤어.

"아니야, 나야!"

"나라고!"

"나라니까!"

조니와 지미는 옥신각신했지.

이제 둘은 모자를 가지고 줄다리기를 하고 있었어. 난
저러다 모자가 두 쪽이 될까 봐 걱정이 들었지.

나는 소리를 빽 질렀어.

"그만! 잘못하다간 너희 때문에 모자가 찢어지겠어! 그러면 아무도 선장이 될 수 없다고!"

"누가 선장이 되어야 하는지 정할 좋은 방법이 있다면 말해 봐! 들을 테니까!"

조니의 말에 지미도 고개를 끄덕였지.

"그래, 나도 들을게. 그걸 말해 주지 않는다면 모자를 계속 당길 수밖에!"

"정말로 좋은 방법이 있다니까? 보물찾기를 하는 거야! 지미 말대로라면, 이 배 어딘가에 보물이 있을 거 아니야? 그러니 그걸 찾자. 찾는 사람이 선장을 하는 걸로 해!"

"이야! 나 보물찾기 정말 좋아하는데!"네가 소리쳤지.

조니는 곧바로 모자에서 손을 떼더니 이렇게 말했어.

"보물찾기라고? 음, 나한테 딱 어울리는군! 세상에서 제일가는 보물 사냥꾼으로서, 이 배에서 보물을 찾을 수 있는 자는 바로 나야! 그러니까 내가 선장이 될 거란 말씀!"

그러자 지미가 대꾸했지.

"아, 그러셔? 음, 나로 말할 것 같으면 온 우주에서 가장 뛰어난 보물 사냥꾼이지. 그러니 당연히 내가 가장 먼저 보물을 찾아서 너를 제치고 선장이 될 테다. 자, 그러면 보물찾기 시작!"

우리는 높이 올라가 보물을 찾아봤어.

깊숙이 내려가서도 보물을 찾아봤지.

심지어 우리 주머니도 뒤져 봤지만, 어디에도 보물은 없었어.

그러다 네가 소리쳤어.

"나 보물 찾은 것 같아!"

그래서 내가 물었지.

"너 지금 어딘데?"

"여기 있어!"

너는 배 뒤쪽 갑판 계단 아래에서 소리쳤어.

우리는 모두 거기로 달려갔지. 너는 어느 사물함 앞에 당당하게 서 있었어. 그중 한 칸에 똑똑히 '보물!!!'이라고 써 붙여져 있더라고.

우리는 사물함을 열고 커다란 나무 상자를 꺼냈어.

"이건가 봐. 하지만 잠겨 있네. 열쇠는 토끼가 갖고 있을 텐데."

내 말에 황소가 대답했어.

"걱정하지 마. 내가 뿔 끝으로 자물쇠를 열어 볼게."

황소가 자물쇠를 따기 시작하자, 네가 말했어.

"허, 생각보다 뿔이 쓸모가 많구나. 그냥 싸울 때만 쓰는 건 줄 알았어."

잠시 긴장감이 흐르더니, 이윽고 자물쇠가 달칵 열렸어. 우리는 모두 상자를 둘러싸고서 뚜껑을 열었다가… 깜짝 놀라고 말았어.

상자에는 귀한 보석과 금화는 물론이고 희귀한 포켓몬 카드도 들어 있었지.

"우린 부자야!"

네가 말하자, 지미가 고개를 저었어.

"아니, '우리'가 부자인 거겠지."

"그래, 알아. 내가 우리라고 말했잖아. 우리가 부자라고."

그러자 조니도 고개를 저었어.

"아니아니, 너희 말고, '우리'가 부자라고."

나는 발끈했어.

"아, 뭐야. 너희 혹시 우리 보물을 또 훔치려는 거야?"

　"딩동댕! 놀랍게도 우리는 그럴 예정이야. 너희도 이미
알겠지만, 보물은 내 약점이라서."

　조니의 말에 지미도 사악하게 웃으면서 말했어.

　"미안하지만 내 약점도 그래. 이게 우리 집안 내력이거든.
이 상자에 있는 보물이라면 해적 함대를 통째로 살 수 있어!
그러면 우리는 훨씬 많은 보물을 찾게 되겠지!"

"맞아, 우리는 역사상 가장 위대한 보물 사냥꾼 해적으로 길이길이 기억되겠지!"

조니의 말에 지미도 맞장구쳤어.

"그래, 맞아! 우리는 지금도 유명하지만, 앞으로는 훨씬 유명해질 거야! 어쩌면 영화 시리즈로 만들어질지도 몰라!"

그러자 너는 해적 모자를 쓰면서 말했어.

"그건 너무하잖아! 보물은 내가 찾았으니까, 내가 선장이라고. 그리고 선장으로서, 너희 둘에게 첫 번째 명령을 내리겠어. 너희는 보물에서 손 떼고 당장 처형 널빤지 위를 걷도록 해."

"나한테는 더 좋은 생각이 있어."

조니가 네 머리에서 모자를 낚아채더니 지미와 함께
머리에 썼어.

"보물의 공동 소유주이자 해적선의 공동 선장으로서,
우리는 너희에게 첫 번째 명령을 내리겠다. 너희들 모두,
처형 널빤지 위를 걷도록 해."

"장난해?"

내가 발끈하자, 조니가 대답했어.

"장난 아니야. 물론 너희한테 특별한 감정은 없어. 그냥
사업을 하다 보면 이럴 때도 있잖아. 너도 보다시피, 나는
이제 사악하고 타락한, 보물이라면 사족을 못 쓰는 해적
선장이라 어쩔 수가 없다고."

20
처형 널빤지를 걷다

> 또 보자,
> 멍청이들아!

주먹머리 선장들은 싸늘한 말과 함께 우리를 쿡쿡 찌르고
밀쳐서 널빤지 위로 몰아갔어!

너는 마구 소리쳤지.
"이 나쁜 놈들아! 언젠가 복수할 테다!"
"그래, 널빤지 잘 걷고!"
조니의 말에 지미도 덧붙였지.
"헤엄도 잘 치고!"
그러다 둘이 입을 모아 외쳤어.
"아, 맞다. 또 보자, 멍청이들아!"

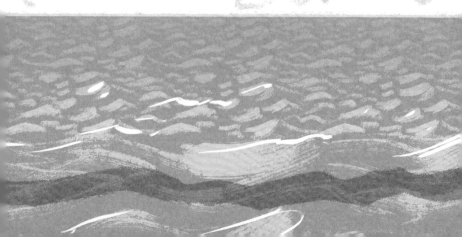

"쟤네 말이야, 별로 좋은 해적은 못 될 것 같은데."

널빤지를 걸으면서 손목시계가 말했어. 그러자 황소도 고개를 끄덕였지.

"그래. 너무 자신만만하더라."

"쟤들은 나쁜 놈들이니까! 내가 잡으러 올 때까지 두고 보자!"

씩씩대는 너에게 내가 말했지.

"그러기엔 좀 늦었어. 당장 우리에겐 더 중요한 일이 있잖아."

"그게 뭔데?"

네가 묻자, 내가 대답했어.

"그러니까, 죽을 준비 같은 거?"

"하지만 언제 죽는데? 지금껏 꽤 오래 걸었는데도 아직 널빤지 끝이 나타날 낌새도 없어."

이번엔 손목시계가 투덜댔어.

"나 배고파."

"난 목말라."

황소도 불평했지. 그러자 네가 말했어.

"다행히 저기 매점이 있어. 앉을 데도 있고. 저기 들러서 쉬었다 가자."

간식들이 걸어 다니네.

"아, 살맛 난다."

황소는 벤치에 기대앉아 널빤지 셰이크를 마시며 말했어. 그래서 내가 한마디 했지.

"살맛? 곧 죽을 맛을 보게 될걸. 우리는 지금 처형 널빤지 위를 걷고 있다고."

그러자 손목시계가 말했어.

"그래도 친구와 함께 있잖아. 삶의 마지막 순간에 친구와 함께하는 건 고마운 일이야."

"근데 넌 사실 널빤지 위를 걸을 필요가 없잖아. 원하면 얼마든지 날아가 버려도 되는데."

네 말에 손목시계는 엄숙히 대답했지.

"진정한 친구는 친구를 버리지 않아. 난 끝까지 함께할 거야."

그 순간, 커다란 손가락이 따라와 우리를 쿡쿡 찔렀어.

"앉아 있지 말고 빨리빨리들 걸어!"

조니가 소리쳤어. 어쩌면 지미였는지도 몰라. 이렇게 멀리 떨어진 곳에서는 어떤 주먹머리가 말한 건지 알 수가 없었어. 하지만 그 손가락의 무시무시한 힘은 못 알아볼 수가 없었지. 우리는 다시 터벅터벅 걷기 시작했어….

그렇게 걷고…

또 걷고…

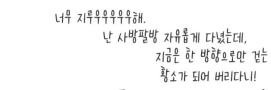

너무 지루우우우우우해.
난 사방팔방 자유롭게 다녔는데,
지금은 한 방향으로만 걷는
황소가 되어 버리다니!

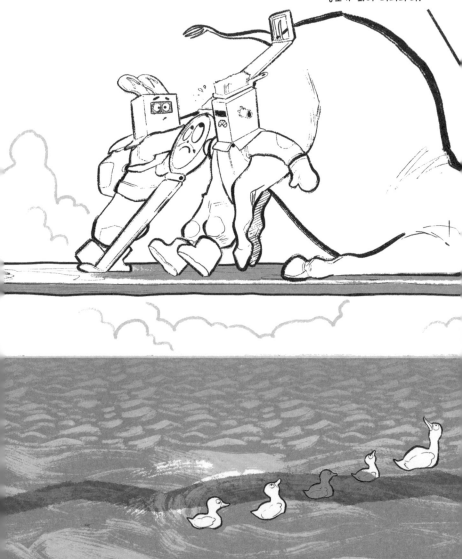

그러다 마침내, 널빤지 끝에 다다랐어. 끝부분은
아름다운 모래 해변에 닿아 있었지.

"음, 이게 우리가 와야 할 천국이라면, 기꺼이 여기서
살겠어."

너는 이렇게 말하며 널빤지에서 내려와 해변에 발을
디디려 했지.

난 너를 붙잡았어.

"잠깐만, 보기엔 괜찮아 보여도, 내려갔다간 정말 죽는
수가 있어."

"어째서?"

네가 물었어.

"이건 보통 모래가 아닐지도 몰라. 밟으면 푹푹 빠져
사람을 삼키는 모래일 수도 있잖아!"

너는 머뭇거리면서 한 발은 널빤지를 밟고, 다른 발로는
모래를 밟을까 말까 하고 있었어.

"이게 사람을 삼키는 모래인지 어떻게 알아?"

네가 묻자, 내가 대답했어.

"나야 모르지. 하지만 그런 모래가 아닌지는 또 어떻게 알겠어? 이것 역시 주먹머리 놈들의 사악한 계획일지도 모르잖아. 우리를 바다에 빠뜨려서 빨리 죽이는 대신, 모래에 빠뜨려 천천히 죽이려는 걸 수도 있어!"

하지만 넌 고개를 저었어.

"주먹머리 형제가 그렇게 나쁜 놈들은 아니라고 봐. 그렇다고 해도 아마 걔들은 아무 계획도 없을걸. 머리가 있을 자리에 주먹이 달린 바보들이잖아."

"그래, 네 말이 맞을지도 모르지. 그래도 혹시 모르니까…
같이 발을 디뎌 보자."

그때, 황소가 끼어들었어.

"야, 우리는 왜 빼? 손목시계랑 나도 너희랑 함께할
거야."

"그래. 우린 한 팀이잖아!"

손목시계의 말에 나는 고개를 끄덕였지.

"좋아. 그러면 다들 준비됐어? 하나… 둘… 셋…!"

21

집에 돌아오다

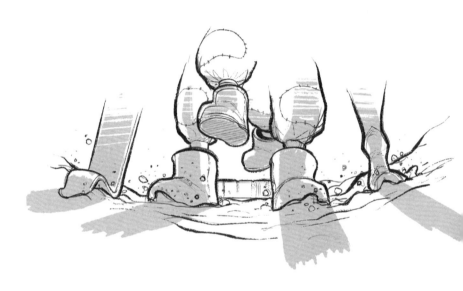

우리는 모두 널빤지에서 내려와 단단한 황금빛 모래를
밟았어. 푹푹 빠지지 않더라고!

"해냈어! 널빤지에서 내려왔어! 여긴 평범한 모래
해변이었고!"

네 말에 우리는 환호성을 지르면서 허공에 주먹을
휘두르고 모래를 쿵쿵 밟고 승리의 춤을 추었지.

우리가 처형 널빤지를 걷다가 바다에 빠져 죽지 않아서 주먹머리 선장들이 속상했는지는 알 길이 없었어. 고개를 돌려 보니 저 멀리 해적선이 유유히 멀어지고 있었지. 해적 노래를 부르는 소리도 들리더라고.

네가 다짐했어. "저 주먹머리 놈들을 하나라도 다시 만난다면, 단단히 본때를 보여 주겠어! 놈들을 꽉 눌러서 주먹 샌드위치를 만들어 버려야지!"

내가 말했지.

"당분간 그놈들을 볼 일이 있을까? 저 주먹머리 형제들은 머지않아 배를 침몰시키고 가진 보물을 죄다 잃어버릴 거야. 내가 장담해. 그동안 우리는 집으로 돌아갈 길을 찾자."

"그러면 다들 안전하고 무사하게 집에 가길 바랄게.
이제 나도 인내심을 되찾았으니까, 다시는 잃어버리지
않도록 최선을 다할 거야. 그래서 황소 명상 센터에 가려고.
손목시계야, 너도 같이 갈래?"

황소가 말하자, 손목시계가 대답했어.

"나한테 같이 가자고 해 주어 고마워. 하지만 난 계속
손목시계 무리를 찾아봐야겠어."

"음, 그리 오래 찾아볼 필요 없겠는데? 저 위를 봐.
하늘을 나는 손목시계 무리가 보여!"

네 말에 손목시계는 얼굴이 환해졌지.

"내가 잃어버렸던 친구들이야! 난 이만 가야겠다! 안녕!
같이 멋진 모험 해서 고마웠어! 정말 즐거운 시간이었어!"

우리 둘만 남아 해변에 서 있게 되자, 네가
말했지.

"황소랑 손목시계가 보고 싶을 거야."

"나도. 언젠가 다시 만나면 좋겠다. 하지만
일단은 정말로 집에 가고 싶어. 그리고
우리는 아직도 갈 길이 멀잖아. 그것도 아주
위험천만한 길이겠지. 어서 가자."

그래서 우리는 집으로 향하는 길을 걷기
시작했지. 그 길은 아주 좁은 협곡으로
이어졌어.

그런데 우리가 오를수록, 협곡은 점점
좁아지고 가팔라졌지.

그래서 마침내 다 올라와 여기가 어딘지 보았을 때도,
우리는 그다지 놀라지 않았던 거야.

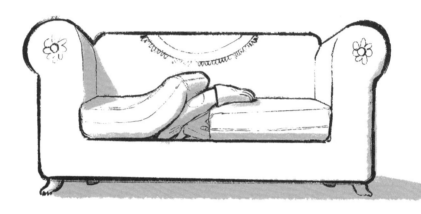

우리가 올라온 곳은 소파 쿠션 사이였어!

그것도 그냥 소파가 아니라…

바로 '우리' 소파였지.
우리 아지트의 소파 말이야!

"우리가 해냈어!" 네가 외쳤지.

"맞아. 하지만 우리 아지트 소파 아래가 바위투성이 협곡일 줄은 정말 몰랐어. 넌 혹시 알았어?"

"아니. 하지만 이젠 아니까 됐어! 그리고 여길 봐! 푸키야. 소파 뒤쪽에 있었어. 그리고 네 행운의 토끼 발도 찾았어!"

네 말에 나는 토끼 발을 자세히 살펴보며 말했어.

"이상하네. 이건 내가 잃어버린 발이 맞긴 한데, 해적 토끼가 가져가지 않았던가?"

그러자 넌 고개를 끄덕였지.

"그래, 정말 이상하네? 너 혹시… 아니다. 음…, 너 혹시 우리가 이제껏 소파 뒤에 앉아서 이 이야기를 전부 상상했다고 생각하는 건 아니지?"

"말도 안 되는 소리 하지 마. 내 상상력은 그렇게 좋지 못해. 그리고 기분 나쁘라고 하는 소리는 아닌데, 네 상상력도 마찬가지야."

내 말에 넌 대답했지.

"기분 안 나빠. 뭐, 아무려면 어때? 우리가 어디 있었든, 이것만은 확실하니까. 우리는 사상 최고의 모험을 했고, 난 죽을 때까지 절대로 이 모험을 잊지 않을 거야!"

끝

나만의 모험 헬멧 만들기

① 머리에 맞는 종이 상자를 고른다

② 눈 부분을 자른다

입을 그린다

③ 낡고 냄새나는 슬리퍼를 가져온다

④ 상자 뒤에 붙인다

⑤ 모험 준비 완료!

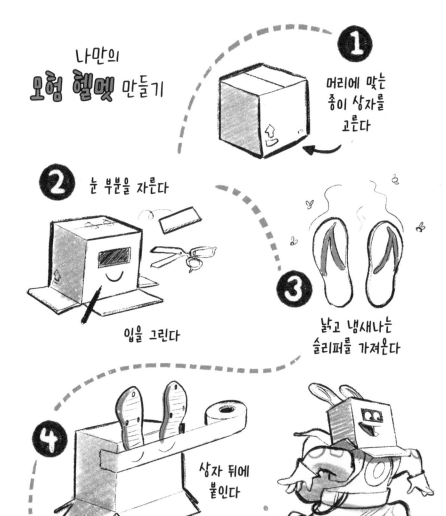

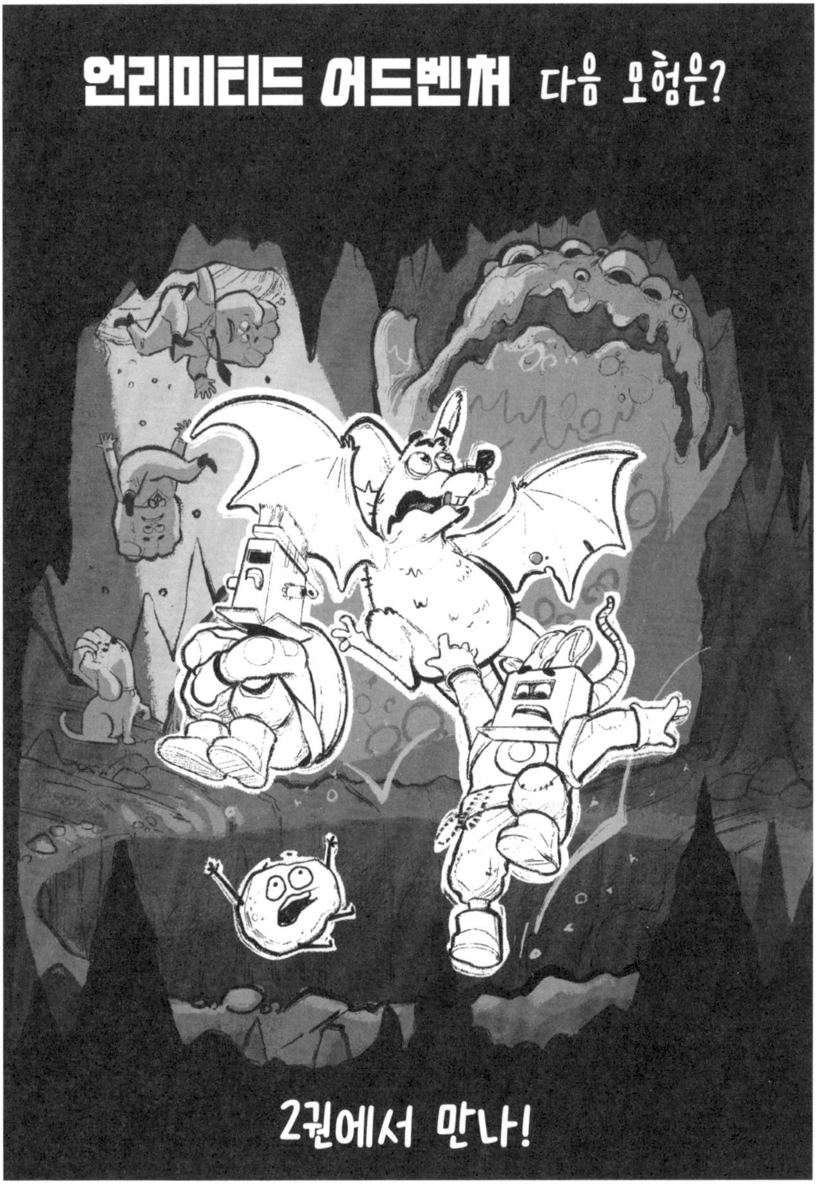
언리미티드 어드벤처 다음 모험은?
2권에서 만나!

앤디 그리피스 글

태어난 순간부터 모험을 시작해서 지금껏 쭉 모험을 하며 (또 그 이야기를 쓰며)
살고 있습니다. 지은 책으로 「나무 집」 시리즈가 있습니다.

홈페이지 www.andygriffiths.com.au

빌 호프 그림

어린 나이에 우연히 색연필로 본인 그림을 그리기 시작했고,
그 후로 그림을 그리며 살고 있습니다.

홈페이지 www.billhope.com.au

심연희 옮김

연세대학교와 동 대학원에서 영문학을 공부하고 독일 뮌헨대학교LMU에서 언어학과
미국학을 공부했습니다. 옮긴 책으로『뚱뚱한 기분』,『슈퍼 똥쟁이들』,
『스파크』,「이사도라 문」시리즈,「마녀 요정 미라벨」시리즈,「인 더 게임」시리즈,
『미드나잇 선』,『레슨 인 케미스트리』,『세상 끝 작은 독서 모임』등이 있습니다.